エラー

error

山下紘加

河出書房新社

エラー

底が見えた気がした。これまで感じたことのない膨満感に、ナイフとフォークを手にしたまま、私は一瞬フリーズする。口内に溜まった肉の脂とも唾液ともつかないものを喉仏が強く波打つほど力を込めて飲み込むと、喉の筋肉が萎縮《いしゆく》し、気管が細くしまる感覚があった。頭が真っ白になり、急に周囲の音という音が明瞭に鼓膜《こまく》に響く。靴が地面を擦る音、ナイフとフォークが皿を滑る金属音、厚みのあるステーキ肉がフォークで皿に押し付けられる音、唾や肉の脂が皿やテーブルに飛散する音、口の粘膜に肉が触れる音、歯が肉を裂く音、舌が唇を舐める音、咀嚼《そしやく》された肉が喉を通る音、それぞれの身体《からだ》から発せられる食べ物を分解する音――。本来は拾わないはずの微細な音までもが鼓膜を揺する。横一列に並び、同じように食べ物を口に運び、同じように皿を重ねる――。その一連の動作をひたすら繰り返すことで生まれる連帯感がとけ、調和が失われ、保たれていた均衡がゆっくりと崩壊する。「音」しか捉えきれなくなる。他の選手を威嚇するように積み上げた皿の層が、圧倒的な存在感を持って自分に迫ってくる。

　私は椅子の上で軽く尻を浮かせ、身体を揺すった。動きに伴って、肉が落下していくのがわかる。徐々に「正常」な感覚を取り戻していく。底を感じたのは、流れが滞《とどこお》り、詰まったような感覚を覚えたからだ。実際、胃袋にはまだちゃんと余裕がある。余裕がないのは胃袋というより精神面だろう。現時点で、私は一位の選手に大きく差をつけられており、こんなことは初めてだった。皿の上のステーキをすべて片付け、新しいステーキを頼もうと手を上げかけた時、肉の一部が皿の外に落ちていることに気づく。夢中で肉を切っている最中に、飛ばしてしまったのかもしれない。あるいは、隣の選手が飛ばしたものだろうか。肉はちょうど私と隣の選手との中間地点に落ちていて、どちらが飛ばしたのかわからなかった。私が飛ばしたのであれば、飛んだことに気づかないほど、食べる行為に没頭していたのだろう。もともと早食いはあまり得意ではないが、今日ほどペースを乱されたこともない。正直、ここからどう追い上げていけばよいのかわからなかった。

テーブルの上は隣選手の飛沫に加え、肉の脂やソースが飛散していたが、私は構わず、落ちていた肉をつまみ上げ、空の皿の上にのせた。気づかないフリもできたが、なぜか見逃せなかった。ステーキの脂でべたついた指先を手拭きで拭う。何度拭っても、べたつきはいつまでも皮膚の表面に残る。皿に戻した肉を口に運びつつ、こんなにべたついた動物の脂を一度に大量に摂取しているのだと考えると、気分が悪くなった。普段の食事では、まずそんなことを考えはしない。自分の身体に入れるものの質や量に慎重にならないし、ましてや肉は大好物で、ほとんど毎日のように摂取している。しかし、大会となると別だ。わずか一時間ほどの間に、同じ体勢で、同じ食べ物を休みなく胃に運び続けるので、ある一定のゾーンまで辿り着いた時、思考や動作に綻《ほころ》びが生じる。積み上げた皿に威圧感を覚えることもあれば、フォークやナイフの使い方に突然疑念を抱いたり、咀嚼や嚥《えん》下《げ》に違和感を覚えたり、何かの拍子に急に食べ物そのものの生々しさが立ち昇ってくる瞬間が、大会の間、一度か二度、訪れる。円滑にまわっていた歯車が狂い、思考と行動に齟齬《そご》が生まれ、食べ物に対する認識に妙な奥行が生まれたりする。以前、豚の生姜焼きの大食いにチャレンジした時は、途中まではただ目の前の生姜焼きを食べることに没頭していたのに、終盤にさしかかった時、不意に生姜焼きに「肉」を強く感じた。肉の中でもそれが特に「豚」の肉であることを意識した途端、原形がダイレクトに掘り起こされて、その即物的な距離感に目がくらむ。むせるような動物感、匂いたってくるような生々しさに、私の食べるスピードは一時的に緩慢になった。しかしそういった思考は瞬間的に訪れても、長引いたり、引きずったりする心配はない。だから誰かに話したこともない。自分の身体が意のままにならず、競技にわずかでも支障をきたすのは不満だったが、内側の調整、あるいは必要な小休止なのだと思って黙ってやり過ごすようにしている。

「おかわりください」

ほとんど咀嚼せずに飲み込んだ肉の塊のせいで、舌がもつれた。膨れた腹に手を当てる。満腹感は少し和らぎ、底ももう感じなかったが、腹はせり出し、背部も膨れている。意識的に息を吸い、そして吐く。汗と脂のぬるつきで滑りそうになりながらナイフの持ち手を握り直し、分厚いステーキに入刀する。汗に混ざって、独特な金属臭のようなものが鼻につく。小刻みにスライドさせるが、ナイフの切れ味が悪い。最初から悪かったのか、途中から悪くなったのかはわからないが、早く切ろうとすればするほど肉が切り離せず、動作がもたつく。続けざまに口の中に放り込んだ肉をハイペースで咀嚼すると、舌を嚙《か》んだ。

これまでの大会では、序盤は先行選手の後を追いかけ、終盤で一気に畳みかける戦法で優勝してきた。追い抜く瞬間は爽快だ。常に「追い抜く」前提で後をついていくので、追いかけている意識はさほどない。勝利のための画策や選手同士の駆け引きよりも、自分が肉を何kg食べたか、カレーを何皿平らげたか、その数字の方が重要で、自己記録を更新していくことに喜びを感じてきた。

出場する回数を重ねるごとに、会場のムードだけでなく自分の食べるリズムやテンポも把握できるようになる。収録の三カ月程前のトレーニングを始める時点で既に自分の中で大会は始まる。本番のイメージをしながら用意した大量の水と食べ物を休みなく口に運び、タイムを計り、記録し、また計る。それを繰り返す。食べられた量に対してかかった時間をノートに記載し、咀嚼から嚥下にかかる時間を把握、その時間を縮められるよう鍛錬を重ねる。早食いが苦手で、中盤から徐々に自分を追い込み、後半にかけて一気にペースを上げるタイプの私は、温存した体力を終盤でどう発揮できるかが鍵だった。自分の特性を生かし、無理なく大食いをする。どんなに強いとされる選手が出てきても、そのやり方で負けたことはなかったので、トレーニング法も大食いに対する意識も、改めようと思ったことはなかった。加えて、常連の選手がどの程度の力量かは過去の経験上、大体把握できているので、事前に予測を立てやすい。私の読みが外れたことはなかった、これまでは。

私は架空の観客の声援と拍手を起こして弱気な自分を煽《あお》り、奮い立たせる。大食い大会の収録には、ごくたまに出場者の身内や友人が応援に来たり、ファンがプレゼントを渡しに駆けつけてくれることもあるが、基本的に観覧者はいない。予選会はネットで、本選はテレビで放送されるが、視聴者の声は当たり前だが直接は届かない。だから想像する。大勢の観客を前に、大食いに挑む自分の姿を。司会者の実況はしじゅう流れているものの、それだけでは足りない。気分が高まらない。BGMは、ないよりあった方がいい。中弛《なかだる》みすることなく、最後まで油断せずに乗り切れる気がするのだ。私は拍手に、声援に、真摯に応えようとする。肉を口に運ぶ――。

水島薫《みずしまかおる》の怒号によって、私の意識は遮断された。

何と言ったのか聞き取れなかったが、一瞬、場内が凍りついたように見えた。気のせいかもしれない。私は想像の声援を受けて食べるのに夢中だったし、他の出場者も同じようだった。横目でほんの一瞬、水島薫を捉える。ちょうど頭からこめかみを伝った汗が目の中に流れ込み、観察を阻んだが、それでも曇った視界の中で肉をむさぼる彼女の姿が滲《にじ》んで見える。水島薫は、やはり何かに怒っているみたいだった。

「すごいぞ、モンスター水島!!　恐るべき胃袋！　そして強靭な顎の力！　これだけ食べてもまだ空腹なのか?!」

司会を務める辰沢《たつざわ》シノブがおどけた口調でわずかに淀んだ空気を一掃する。さすがは大食い番組ＭＣ歴十三年のベテランだ。水島薫は、すかさず自分に向けられたマイクを、うっとうしそうに手で押しやった。

水島の余裕綽《しやくしやく》々な態度も辰沢の実況も、そのすべてが、大会中盤までは他の出場者を引き離しリードしていた、前王者の自分に対する煽りであるように思えてくる。しかし私は焦りを表情に出さぬよう、極めてマイペースに分厚い肉の上でナイフをスライドさせる。

「真の大食い王者は誰だ?!」。略して「真王」――。まだアマチュア――本選出場経験のない挑戦者――だった頃、初めて出場した真王の予選会で、隣にいた、やはり大会初出場の若い女性が嘔吐した。料理はシーフードカレーだった。テーブルの下には万が一の時のためにバケツが用意してあり、彼女は地面に膝をつき、それに顔を突っ込むようにして吐き続ける。驚いて思わず声は掛けたが、背中をさすってやる余裕はなかった。収録なので後からいくらでも編集はきくが、勝負は一度きりだ。女性がスタッフに支えられて立ち去っても、しばらくは場内に充満する吐瀉物《としゃぶつ》の臭いの中で、出場者の誰も彼もがひたすら料理を口に運び続けた。

凡《およ》そプロとしての自覚や覚悟などない頃から胆が据わっていたというよりは、単純に大食い大会の場が、尋常ではないほど「食べなくては」という切迫感に襲われる現場であるからだ。タイムリミットがあり、勝敗を常に意識するために急ぐ気持ちは当然ある。しかし、物心ついた時から自然と根付いている「出された料理はきちんと食べきらなくてはいけない」というモラルの肥大化が焦燥感に拍車をかけていた。倫理観を持ちながら、好きなだけ食べていい状態、食べ物を差し出される状態は何か禁忌でも冒しているようで、ハイになる。気がつけば「普通」の感覚が逆に自分を麻痺させ、興奮を煽る。大会の間だけ人格が変わったように異様にテンションが高くなる人間がいるのもそのせいだ。「あの」感覚は癖になる。他の出場者との間に明らかな差がひらき、勝ち目がないことはわかっていてもどうしてか口に食べ物を運んでしまう。大会終了のゴングが鳴り響き、結果はもう決まっているのに食べる行為をやめられない。食べ物が目の前にあるのにも拘わらず食べるのをやめなければいけないのは終了ではなく中断だ。そのため、勝敗によらず、消化不良のような後味の悪さがいつまでも尾を引いた。

「真王」は年に一度テレビ放送される本選までに、二つの過程を経る。ひとつは一般公募から選出されたアマチュアのみの一次予選会で、総勢四十人ほどの中から上位十名が二次予選会に出場する権利を得られる。二次予選会は、その一次予選通過者と過去に本選出場経験のあるプロの計十七名が本選出場をかけて競うものだ。この中には前年の優勝者もいる。優勝実績があってもシード権は得られず、次大会でも二次予選から出場しなくてはいけないのが、真王のシビアであり面白いところだ。

本選はテレビでゴールデンタイムに放送され、世間の注目度も高い。毎度高視聴率で、放送直後はツイッターでトレンド入りするほどだった。優勝者は王者の座を奪還されるまでは出演し続けるのが慣例となっている。無論、王者の座を取り戻そうと次大会に出場する選手もいるが、再び勝ち上がるケースは稀だ。二十四歳の大会デビュー以降、四年連続で優勝を飾った私には、「史上最強の胃袋」という異名がつき、番組側からも重宝がられた。しかし正直なところ、自己評価と世間のそれには乖離がある。デビュー当初はあまり満腹感を覚えたことがなかったので、自分がいったいどれくらい食べられるか、出場者の実力は如何《いかよう》様なのかさっぱりわからず、何の準備もせずに大会に臨んだ。一次予選も二次予選もマイペースに食べ進め、結果は四位と振るわなかったが、本選では感覚を摑み、難なく優勝できた。

三度目の本選出場の際、初めて満腹に近い感覚を覚えた。胃袋が十分に満たされ、もう何も食べ物が入らない状態ではなく、やっと底が見えてきた満腹の兆しのようだった。自分にもきちんと底があるのだと、その時初めて実感できたのだ。結局、

「満腹」が訪れる前に競技は終了し、満腹状態を経験しないまま優勝記録は更新されていった。世間からは「不敗の王者」だの「稀代の胃袋の持ち主」だのと過大評価を得て、内心戸惑った。それはマスコミの煽りに過ぎないのかもしれないが、以降は世間の評価を裏切ってはいけないというプレッシャーが強くなり、大会の収録前には必死になってトレーニングに打ち込んだ。満腹を、自分自身の限界を知りたいと思いながら、同時にいつか満腹状態に陥るのが恐ろしかった。

私の不安をよそに、大食いの実力とは別に容姿やスタイルにも注目が向けられ、「大食い界のプリンセス」との呼び名がつく。今でこそ少なくなったけれど、デビュー当時は大会の開催場所までわざわざ足を運んでくれるファンも一定数いて、食べ物や洋服をよくプレゼントされた。私はもらった食べ物は残らず胃の中に収めたし、洋服は大会の予選などで必ず着用した。恋人の亮介《りょうすけ》にはそこまでやる必要はないと言われる。しかし、じゃあどこまでやればいいのか、その加減が私にはわからない。事務所に所属せず、公の場に出るのは真王の撮影の時のみ、大学を出てからは週に数回スーパーでバイトをしているものの定職に一度も就かず、大食い以外に特に芸があるわけでもなく、ただ年に二回だけカメラの前で食べる姿を人前に晒す自分を俯瞰《ふかん》して見た時に、訳のわからない引け目を感じる瞬間が今でもあった。

新しく用意されたステーキにフォークを突き刺し、そのまま肉ごと引き摺るようにしてテーブルの縁ぎりぎりまで皿を引き寄せる。あまり嚙まずに飲み込めるサイズにすばやく肉を切り分け、フォークで焼き鳥のように串刺しにして口に入れた。肉は弾力があり、繊維が歯に絡む。嚥下までに時間がかかるのが難だった。咀嚼しながら、先ほどの水島薫の聞き取れなかった一言が遅れて脳内で補整され再生される。

「早く出してよ！　お腹が空いてるの‼」

水島薫は滑舌が悪い上に早口なので余計に聞き取りにくい。おかわりを申し出てからスタッフがステーキを出すわずかな間に彼女は苛立《いらだ》ったようだ。実際にはスタッフに対する苦言というより、自分で自分の高揚感を鎮めるためのひとつの方法という気がした。

体勢を変え、左手をさりげなくテーブルの下まで下ろし、スカートのウエスト部分をわずかに下にずらす。下着のストラップやゴムが皮膚に強く食い込む感覚があった。

「稀代の胃袋・大食いクイーン一果《いちか》はいったいどうしたのか⁉ 愛らしいルックスとキュートな笑顔、アイドル並の可愛さながら、初出場から負け知らず、百戦錬磨のクイーンに、暗雲が垂れ込めています……！ 本選を前に、女王を倒す逸材が現れたせいでしょうか。リードしているのは、今大会のダークホース、水島薫！ クイーン一果との差は凡そステーキ五枚分。過去に本選出場経験はあるものの、実績は皆無。年齢不詳、おまけに性別も不詳？ まだベールに包まれた未知なる怪物、鉄仮面・水島です！ おっと、ここでクイーン一果が十五枚目のステーキを完食しました。鉄仮面・水島とのその差四枚——‼ お話聞いてみましょうか。今の心境教えてください！」

　マイクが向けられ、数秒の間、私は口を利けなかった。肉を噛むのに必死で、気の利いたコメントができるはずもない。仕方なく、「お肉が、めちゃくちゃ美味しいですぅ」と口元を押さえつつ、カメラに笑顔を向ける。

「一果ちゃん、一果ちゃん、それ、前半も言っていた。美味しさは変わらず？　飽きない？」

「ごめんなさい。でもほんっっとに美味しくって。全然飽きないですね」

「おっ、余裕が見えますねー！　やはり王者の座はそう簡単には譲れないよねぇ？　ちょっとさあ、前半に聞けなかったクイーン一果の食リポ、食べながらでいいので、ぜひぜひお願いしまぁす」

「……はいはーい。このステーキ、柔らかいんですけど、弾力もあって、ジューシーで……！　もう、口の中に広がる肉汁がやばいですね。……半端ないです。一生食べていたいっ!!　とにかく牛さんに感謝したいです」

笑顔で軽く手を合わせると、司会者である辰沢だけが小さく笑い、すぐに別の出場者の話題へと移る。スピードと量を競う大食い大会で、出てくる料理をわざわざ時間をかけて味わっている余裕などない。香りを嗅ぐと満腹感を覚えやすく味にも飽きやすくなるため、極力嗅がないようにしている。そのため、どんな味がしたのか、どんな食感だったのか、大会が終わって振り返ってみてもほとんど記憶に残っていない。それでも司会者は毎度ご丁寧にコメントを求めてくるので、原料や生産者に感謝の気持ちを伝えるのだ。感謝の言葉に嘘はない。大食い番組は時として「不快な番組」と顰蹙《ひんしゅく》を買い、出場選手までもが「倫理観が欠如している」「食に対する冒瀆《ぼうとく》」と非難を受けることもあるが、どんなに急いで食べても、どれほど量を食べても、いつだって誰よりも食べ物に敬意を払っている。敬意を払っていれば大食いをしていいわけではないかもしれないけれど、早食いや大食いをするから食べることに対して軽薄だと思われるのは納得がいかなかった。

水島薫の姿を初めて見たのは一昨年の前期の本選だ。無口で地味な外見で、特別目を惹く選手ではなかったが、出場した選手の名前はひと通り覚えるようにしているので、彼女のことも名前だけははっきりと覚えていた。今日の予選会が始まる前に出場者の顔ぶれをざっと確認し、この出場者の並びなら昨年同様二次予選は一位で勝ち上がり、余裕で本選まで進めるはずだと高《たか》を括《くく》っていた。大会が始まってすぐ、ひと際目立つ選手に視線を奪われる。司会者が名前を呼び、そこで私はようやく彼女があの時の「水島薫」という女性と同一人物だと気づいた。しかし、気づいてもなお腑に落ちない。水島薫は別人のようだった。序盤からスピードがあり、そのスピードを終盤になっても維持し続ける。息継ぎのような間がまったくない。いっさいの感情を表に出さず、ただ黙々と機械的に、目の前の食べ物をとりこんでいく。前屈みになってわずかしか開かない口に、無理やりねじ込むように食べ物を入れるので、こぼしたり、口元を汚したりと、食べる姿は見ていて決して気持ちのいいものではない。それでも、テレビ映りをまったく気にしない様《さま》にはどこか潔さすら感じられる。

幼少期に見ていた大食い番組では、水島のような食べ方はわりと主流だった。むしろ綺麗に食べる選手の方が少なかった記憶がある。あるいは綺麗に食べていても実力不足で認知されていなかっただけかもしれない。私が出場し始めた頃には、周囲のほとんどが速く綺麗に料理を口に運び、なおかつ咀嚼中に口内を見せないという大食い番組における暗黙の掟ができあがっていた。おそらく、綺麗な食べ方を見せることで大食いに対して抵抗感を抱く視聴者の認識を改める意図もあるはずだ。見栄えを気にする若年層の進出も要因のひとつだろう。私も食事の時に鏡を前におき、どの位置、どの角度であればもっとも綺麗に食べ物を口に運べるかを研究し、気がつけば誰よりも食べ方に、食べる姿勢にこだわりを持ち始めていた。それが自分のフードファイターとしてのアイデンティティのようにも思えたのだ。

口の中の肉を飲み込めていない状態で、新たに皿の上に残っていたステーキをすべて詰め込み、歯で肉を懸命に引きちぎりながら声を張る。

「おかわりください」

おかわりくださいおかわりくださいおかわりください――。おかわりが出てきても、呪文のように頭の中で唱え続ける。私はおかわりを求めている。おかわりを求め続けている。自分の言葉で脳を騙し、どんなに満腹だろうが顎が疲れようが、自分は次を欲しているのだと脳を錯覚させる。噛み砕けず口の中で停滞したままの肉の塊を、紙コップに入った水で勢いよく流し込み、次の肉を急に開口域の狭くなった自分の口にねじ込む。顎が強く痛んだ。

辰沢の実況は、徐々に気迫を増していく。

「いやあ、生まれ変わった水島薫は強い‼　圧倒的に強い！　見てくださいこの表情のない能面のような顔を。そして休息を知らない顎、迅速な手の動作。休みなく、淀みなく、動き続けています！　機械的で、それでいて滑らか――！」

私は肉の脂で濡れた唇を舌先で拭い、新しい肉に手をつける。水を飲もうと紙コップに手を伸ばすが、中身は空だった。手を上げ、近くにいたスタッフに水が欲しいと笑顔で頼む。

ステーキを切り分ける手が震えていた。口の中には、まだステーキがある。噛んでも噛んでも、口の中の固形物はいつまでたってもなくならない。なくならないのに、次を押し込む。皿を空にする。おかわりを頼む――。歯や顎が疲れていた。私はまだ疲れていないのに、手や歯や顎が疲労を訴えていた。

「終了まで残り五分ー‼」

辰沢が残り時間をアナウンスした時、私と水島薫の間には既に埋めようのない差があった。私は咄嗟《とっさ》に席を立ち、少し離れたところでジャンプを試みる。跳ねた振動で歯が痛む。自分の胃袋を想像しながら身体を振るい、乱れた胃の中身を整え、胃から腸へ食べ物を送り込む――。肉から離れると、近距離で食べていた時よりもずっと鮮やかに肉の匂いが香った。肉の香ばしい、燻製のような匂い。野性味あふれる重厚感のある匂い。私は匂いの出所を辿った。ステーキからの匂いだと思っていたそれは、私の口の中からした。

時間がない。もう時間がなかった。私が跳ねている間にも水島薫はぶれることなく皿を積み重ねていく。跳ねながら、なぜか笑みがこぼれる。私は笑いながら肉を落とす。丁寧に、配置を考えながら、振り落とす。テトリスの要領で、胃袋に溜まった肉をまとまりごとに移動させ、スペースを作る。新しい肉をまだ私の胃袋に収容できる。入れようと思えばいくらだってスペースは作れる。古い肉をどければ、そこに新しい肉が積み重なる。私の胃袋なのだ。私が一番よく知っている。

席に戻り、新しく用意されたステーキをフォークで刺し、切らずにそのまま勢いよくかぶりつく。最初の一口目と変わらぬ食感に、味などよくわからないのに「美味しい」とこぼす。

終了を知らせるゴングが鳴り響く。私はステーキを食べ続けた。がむしゃらにかぶりついては、嚙まずに嚥下する。私はまだこれからだった。ここからだった。水島薫はいつの間にかナイフとフォークを置いていた。司会の辰沢シノブが「優勝ー!!!」と彼女の右手を摑んで上に持ち上げたが、私は今、口の中にある肉を食べきることだけにただひたすら注力した。

肉の焼ける匂いで目が覚めた。一瞬、寝ぼけて数日前の大会がまだ続いているのではないかと錯覚し、反射的に身体を起こす。

リビングのテーブルに置かれたホットプレートの上で、こちらに背を向けて、亮介が肉を焼いていた。予定通りであれば、亮介は昨日の夜中に関西出張から帰ってきたはずだ。私は深く眠っていて、まったく気がつかなかった。枕と丸まったタオルケットがソファの上にあるので、昨晩彼はベッドで寝なかったのだろう。重たい瞼の筋肉を強引に持ち上げ、時間を確かめようと枕元のスマホを手にとる。AM11：20。カーテンが全開にされた窓から差し込む日の光は眩しい。簡易テーブル上に歪《いびつ》に膨れたレジ袋があり、中身を思い出して急に脱力する。昨晩食べた弁当のプラスチック容器や割箸を袋に突っ込み、そのままにして寝てしまったのだ。

シーツの上で大きく伸びをすると、身体の節々が痛む。昨日は、およそ三カ月ぶりのバイトだった。もともとは午後の四時間のみシフトに入っていたが、私の後に入っていた男子大学生がすっぽかしたため、急遽《きゆうきよ》時間が延びた。こういうことは、年に二回ほどある。たとえ短時間でも毎週シフトに入っていれば身体が馴れて疲れはほとんど覚えないが、しばらく休んでから復帰した翌日には必ずと言っていいほど筋肉痛になる。来月で二十八歳になるけれど、年を経るごとに痛みが長引くようになってきた気がする。前に残業から帰宅した亮介にその話をしたら、「一果は俺らとは体質が違うからなあ。よく食うから、その分エネルギー消耗するんだろ」とあきれた口調で苦笑された。確かに私は亮介のような一般的な胃袋ではなく、消化も速い。しかし違うのはそれだけだ。疲れの感じ方に差があるとは思えない。身体の感覚や変化について身近な亮介と共有したいと思っても、彼は真剣に取りあわない。

昨日は昼頃から夜にかけて休憩を挟んでの八時間勤務の上に、日曜で客足も伸び、店員がスキャナーを通した商品の精算を客が行うセミセルフレジでのトラブルが相次いで二台起き、ラスト一時間は足が鉛のように重かった。

「杉野《すぎの》さんが担当したとこのレジって、なぜかいつもエラーが起きるよねえ……何でだろ」

レジに詳しいアルバイトが近くにいなかったので、休憩中の社員を呼び出して対応に当たってもらうと小言を言いながらも操作してくれた。彼が喋る度に直前まで休憩室で食べていたのであろうペペロンチーノのニンニク臭がして、私は強い空腹を覚える。結局レジは改善せず、自動で釣銭が排出されるはずが、何度操作してもされない。その間にもレジの前に客は溜まっていき、やがて彼はあきらめたように私に指示を出した。

「二番レジ、直らないから一旦閉めよう。六番レジのサポートについてあげて」

私は頷き、スキャンから精算まで全て店員が行う六番レジの応援にまわった。たまにシフトの重なる田嶋《たじま》さんがレジスターを操作していたので、私は商品のバーコードをセンサーにかざす、スキャンの役割を担う。

その日、亮介は関西出張で不在だったので、バイトの後、更衣室に向かう前に自分の分の夕食を買い込み、レジで精算する。アルバイトでも社割がきくので、品数は多いが安く済んだ。弁当を二種と、惣菜や揚げ物、サラダにアイスにスナック菓子——。買い込んだ食べ物を家に帰ってテーブルの上に広げ息吐《つ》く暇もなく食べながら、いつも必ず手にとってしまう油でぎらついた唐揚げを美味しいと思い、前から気になっていて初めて購入した枝豆とごぼうのサラダの味が好みだったので今度自分で再現してみようと容器の裏の原材料表示を見て、それから亮介は夕食に何を食べただろうかと考え、彼がいつも出張に行くと買ってきてくれるお土産は今回は何だろうかと思い巡らせて楽しくなり、こんなに自由に食事をしていていいのかと漠然と不安になり、大会のことを考えてさらに不安が増幅し、それでも食べ続けた。ゆっくり味わって、残さず食べた。

夕食の後でシャワーを浴び、濡れた髪のままバイト先で買ってきたアイスを頬張る。一箱六本入りのアイスバー。定番はチョコバニラで、一年ほど前にリニューアルして以来、「美味しくなった」とＳＮＳで話題になり、急激に売れ行きが上がった。その後、期間限定でストロベリー、カプチーノ、ロイヤルミルクティーと続々とラインナップが増えていき、今日購入したのも定番のチョコバニラをクラッシュアーモンド入りのチョコレートでコーティングした新商品だ。以前、リニューアル版のチョコバニラの開発に携わったというメーカー担当者にテレビ記者が密着していた番組を観たことがある。製造秘話を教えてくださいと記者に迫られた開発者はあっけらかんと種明かしでもするみたいに述べた。

「リニューアル前と後では使用しているチョコもバニラもまったく同じもので。変えたのはチョコとバニラの比率なんです」

どういった比率かは、企業秘密で口外できないそうだ。記者は拍子抜けしたように「それだけであんなに味が変わるんですか」と驚いた様子で尋ねていた。

水島薫について考えてみる。一昨年の本選時と現在とで、彼女自身の見た目にさほど変化はない。トレーニングで多少胃袋は拡張できるとしても、サイズが劇的に変化するなどありえない。消化が著しく速くなったとも思えない。彼女自身は変わっていない。ならば、水島が強くなった理由は、もっと単純なものではないだろうか。そう考えると、私は少し気持ちが落ち着いた。そう考えなければ、控えている本選に向けてうまく気持ちを切り替えられない。大会中も、大会が終わってからも、水島薫を脅威に感じる。彼女に圧倒されたまま、気がつけば大会は終わっていた。そんなことは初めてだった。もう一度敗戦の映像を観直そうとか、本選までに水島の戦い方を考察して対策を打とうとか、未来に意識を向けようとしても、思考に靄《もや》がかかったようにそれを阻む。

　思えば、過去四年の大会出場の中で、私は漠然と不安を感じてきた。優勝が続き、周囲にもてはやされても、それは拭えなかった。雑誌やネット記事の取材では、十中八九「どうしてそんなに食べられるんですか?」という質問を受ける。その度に答えに詰まる。自分でもわからないから、説明のしようがない。仕方なく、「お腹の中に小人がたくさんいて、その子たちが一生懸命食べてくれるんです」と答えると、それ以上は追及されない。冗談で思いついた回答ではあるが、実際、それくらいファンタジーのようにも思えた。テクニックや技量はトレーニングで後からいくらでも培うことはできるが、臓器の大きさや消化の速さは遺伝的な要素に負うところが大きい。自分自身の身体であるのに、いまだに仕組みや構造が理解できない。しかし摑みきれないものを信用するのは恐ろしいし、神頼みのような感覚はいつか足元をすくわれそうな気がする。だからトレーニングを欠かさなかった。

気がつけば、六本入りの箱入りアイスを完食していた。チョコレートの味がする木の棒をしゃぶりながらスマホを手にとり、ラインに一件一件返信をする。

予選会の映像は、収録の数日後にはネットで配信される。これまでも予選や本選の様子がネットやテレビで放送された後、知人から祝福の連絡をもらうことはあったが、今回はいつも以上にたくさんの人から激励のメッセージがひっきりなしに届く。当時はあまり仲良くなかったが真王の出演をきっかけに連絡をとるようになった小学校の同級生、中学校の時、半年ほど付き合った元彼に、高校の時、勤めていたカラオケ店のバイト仲間、私が中学生の時に離婚して以来、音沙汰のなかった父親、初めて出場した真王の本選で一緒だった本業が主婦の通称「みつえり」こと光《みつ》井恵理子《いえりこ》に、同じく真王出場経験を持ち、ラーメンの背脂が大好物で将来はラーメン屋を開業したいという夢がある「ラーメン辻井《つじい》」、そして日頃から親交の深い、大学時代に所属していた美食サークルの面々——。真王に出演するようになってから、同窓会に顔を出せば雑誌記者の仕事に就いたという同級生から取材依頼が舞い込んできたり、フードコーディネーターの資格をとった友人が料理教室を開いた際には、なぜか特別講師として呼ばれたりもした。大手食品メーカーに勤務する亮介の知人から商品のインフルエンサーとして宣伝を頼まれたこともある。

大学のサークルメンバー七人で構成されているライングループでは、いつの間にか近いうち集まる予定が立てられていた。こういう時、店の予約から全員の予定調整まで、サークルで幹事を務めていた早織《さおり》が率先してやってくれる。私はカレンダーを見ながら空いている曜日を打ち込んだ。

　真王の二次予選に関してSNSでも多くの反響が上がっているはずだが、目を通していない。状況を受け入れるのには、もう少し時間がかかりそうだ。「大食いクイーン一果」の名義でアカウントを持っているインスタグラムにも今朝ロック画面に通知されていただけでも、数百件のコメントが届いていた。これまで届いたコメントやDMは、ほとんどがファンからの応援メッセージや視聴者からの好意的な意見だが、中には誹謗中傷《ひぼうちゅうしょう》や辛辣《しんらつ》なコメントもある。それでも、DMやコメントにはひと通り目を通し、見たことが相手にもわかるようにハートマークの「いいね」をタップする。反応を示せば、また反応が返ってくる。きりがない。時間もエネルギーも消耗する。それでもプロとして何事もいい加減にはできない。

　目を開けて、すぐに二度寝してしまったことに気づいた。ほんの十分だ。AM11：30。亮介はまだ肉を焼いている。目を閉じたり開いたり、痒いところをかいたり、痛むところを揉んだりし、ぼんやりまどろみつつシーツの上で無為な時間を過ごす。部屋に差し込む日の光はやたらと眩しいのに、瞼は完全には開かない。

換気扇を回していないためか、部屋中に充満した煙が目にしみる。亮介が作っているのはステーキだろうと見当がつく。既にネット配信されている二次予選の映像を観たのだろうか。私の出場した真王の映像は、ネットなりテレビなりで放送されると、いつもふたりで一緒に鑑賞する。特に決めているわけではないけれど、いつの間にかそうなっていた。一人ではあまり映像を観る意欲は湧かないが、誰かが隣にいると観ようという気になれる。亮介もまた、私が映像を流すからなんとなく観ているだけだろう。前半は集中して観ていても、中盤からスマホをいじったり漫画を読んだりと、何かの片手間で鑑賞することが多い。私の出演シーンと終了間際の緊張感あふれる場面だけ視界におさめられれば満足なのだ。

「面白い選手が出てれば観るけどさ、基本的によく知らない人が食べてる姿にそこまで興味ない。一果が出てるから観ようとは思うけど」

そうは言いながらも亮介は大会の対決メニューに影響を受けやすく、普段は料理を作らず、さほど量を食べるわけでもないのに、真王を観た後は再現メニューを拵えたりする。海鮮丼に五目あんかけ焼きそば、手羽先に餃子と自宅で簡単に再現できるものならばよいが、少々物好きなところがあり、家にあるものでは到底再現しにくいものにまで手を出すのだ。わんこそばがメニューだった時は、わざわざわんこそば用の蓋つきの椀一式を購入したし、高さのある巨大ハンバーガーの時は肉やバンズ、チーズに野菜まで業務用スーパーで購入してタワー状に積み上げ、食べている途中で倒れてしまい、片付けに手を焼いた。

既に二次予選の映像を観たのであれば、亮介はメニューのステーキを再現しているのだろう。ニンニクの刺激臭が鼻をつく。これまで食べた中で最も美味しかったステーキは、番組プロデューサーの仁科《にしな》に優勝祝いに連れて行ってもらった赤坂の高級レストランで食べた上質なリブステーキだ。後にも先にもあれを超えるステーキには出会ったことがない。とはいえ、自分の舌にはあまり自信が持てない。その日のコンディションによっては、以前美味しくて感動を覚えたものが、たいしたことのないように感じられたりもする。人が美味しいと言えば確かに美味しい気がしてくるし、食事をしていて不味《まず》いと感じた記憶はほとんどない。大学時代は食い意地が高じて美食サークルなるものに所属し、サークルの皆で毎日のようにあちこち食べ歩いていたので、店の知識だけは増えたが、決して美食家だとは胸を張って言えなかった。

大食いに挑戦する時は味覚よりも視覚から得た情報が、脳を満たす。厚さ八㎝の極厚ステーキにかぶりついている、七㎏のデカ盛りカレーを食べ進めている、一・三mもの高さのあるパフェを平らげた、というその事実に満たされるのだ。目に飛び込んできたインパクト、大きさや量を一人で独占している喜び、挑戦する高揚と皿の底が見えた時の達成感――。そんな風に満たされる度に、私は自分がひどく単純な人間である気がし、事実、そうなのだろうとも思う。

奥歯の間に何か挟まっているような違和感を覚え、指を突っ込んでかきだすと、爪先に引っかかったそれは昨日食べた鶏肉の繊維だった。舌先を口内に這わせると粘性のある膜がねっとりと絡む。昨日はスマホをいじっているうちに気がつけば眠ってしまい、ろくに歯も磨いていない。喉の奥というよりは、そのもっとずっと奥の胃の辺りからせり上がってくるようなものがある。胃のムカつきはない。吐き気とは違う。それでも、ここ数日間、込み上げてくる感覚が消えなかった。

フードファイターは摂食障害の噂が立つことが多い。デビューしてから、私にもそういう噂がついてまわった。中には本当に大会終了後に吐いている選手もいるようだが、私は一度も吐いたことはない。不正行為の意識がどこかにあるのだ。きちんと人間の摂理に基づいた排泄をしながら大食いをするのが、私にとってのポリシーのようなものだった。

肉の煙がしみた目を強く擦ると、乾燥して固まった黄色い目やにがぽろぽろパジャマの膝に落ちた。気だるい身体を引き摺るようにして起き上がる。亮介を驚かせようと後ろから忍び足で近づき、そっとのぞき込む。テーブルの上に用意されたホットプレートの上で亮介が焼いているのは牛肉と玉ねぎで、薄くスライスされたニンニクチップスがガラスの小皿に盛ってあった。私の視線はその小皿からテーブルの上のスタンドに立てかけられたスマホの画面へと向かう。画面にはステーキを貪る水島薫の姿が映っており、その映像が二次予選の映像だとわかるのにしばらく時間が要った。何となく見当はついていたものの、敗戦を亮介に見られていると思うといつになく緊張する。

亮介とは五年ほど前、私がグラビアアイドルやレースクイーンとして活動していた頃に、飲み会で知人を介して知り合った。まだ彼が雑誌や広告などのモデルをしていた時だ。初対面の印象は、モデルというだけあって顔は小さく手脚は長かったが、顔はあまり好みではなく、優しくて穏やかな性格に惹かれて付き合った。交際から半年で同棲を始め、今では結婚の話も浮上するようになったけれど、亮介は残業や休日出勤が多いのでまとまった休みはとりにくく、私は私で真王のトレーニングに重きを置いているので、核心的な話にはまだなっていない。子供ができればすぐにでも籍を入れるのだろうが、亮介とは恋人というよりも兄妹のような関係性になっていて、性的な接触も二カ月に一度あるかないか、それでもお互いに不満があるわけでもない。

出会った頃は小さい事務所に所属し、モデルをしながら日雇いのアルバイトで食いつなぐ日々を送っていた亮介は、私が真王に出演するようになると事務所を辞め、友人のツテで食品の物流会社に中途入社した。

「ふたりともギャンブルみたいなことやってたら、生活送れないから。一果は満足いくまで大食いやったらいいよ」

入社したての頃は覚えることも多く、平日は残業で疲弊して帰宅する亮介の口癖だった。研修期間が終了すると、彼は千葉にある支社に配属され、東京からの電車通勤を余儀なくされた。配属先の上司とは折り合いが悪く、また二十五歳にして初めての就職ということもあり、嫌な思いもたくさんしたようだ。亮介はそれでも、私の前ではストレスを見せないよう気を遣っていた。私は亮介の姿を見ながら自分は年間を通して真王に出演する以外、何もやっていないことに気づき、近所のスーパーでアルバイトを始めた。しかし、バイトと言っても週に三回、一日四〜六時間ほどシフトに入るだけだ。真王の収録がある三カ月前からはトレーニングのためにシフトを入れないので、稼いだ給料の九割がたは自分の飲食代に消えてしまう。それでも亮介は何も言わなかった。

亮介は昨年、ようやく念願かなって東京の支社に異動できたはいいものの、今度は出張が増えた。取引のある工場の視察が主で、工場はほとんど地方にあるため、日帰りはままならず、それでも千葉支社にいた時よりも仕事が充実しているのは彼を見ているとわかる。今では、休日は車を出してトレーニングのための食料の買出しに積極的に付き合ってくれるようになった。

「あちっ」

声を掛けようとしたタイミングで、亮介が小さく声をあげ、手に持っていた菜箸を足元に落とす。プレートの上の脂が手に跳ねたようだ。彼は椅子から立ち上がろうとせずに、上半身だけ曲げて落ちた箸に手を伸ばす。腹周りについた余分な肉が圧迫され、シャツを巻き込んで二、三重に折り畳まれる。亮介は、ここ数年で驚くほど体形が変化した。一見すると細身の長身に見えるが、昔を知っている分、その落差は大きい。一番大きな変化を遂げたのは腹周りで、昔は気に入ってよく穿いていたブランドもののジーンズはウエスト部分がつかえて穿けないというので、私がメルカリで売った。ジーンズは思いのほか高額で売れ、売れたお金を手にふたりで焼肉屋に行った翌日、亮介は体重が三kg増えた。私は亮介の何倍も食べたのにも拘わらず、体重は二kg落ちていた。

「一果！　びっくりした、今起きたの？」

菜箸を拾い上げた亮介が私に気づき声をあげる。彼はそれを皿の上に置き、両耳に装着していたワイヤレスイヤホンを外した。

「おはよ。……どうしたの？　朝から肉なんか焼いて」

「いや、なんか昨日、たまたまツイッター見てたらクイーン一果がトレンド入りしてさ。気になったから帰りの新幹線の中で思わず二次予選の映像観ちゃった。ごめん」

「何で謝るの。別にいいよ、全然」

立ったまま椅子の背に両手をのせ、私は笑う。プレートの上で焦げ目のつきすぎた肉の表面を指差して「裏返した？」と尋ねると「うん」と返答がある。私はまた笑った。「美味しそうじゃん。焼くの上手いね」

「あ、これはね、一果の食べっぷりに触発されて俺も肉が食いたくなりました。……今、またかって顔しただろ？　まあ、いいけど。実際さあ、月に一度くらい、無性に食べたくなる時があるんだよね。がっつり肉って感じの肉を。ひとまず、顔洗ってきたら？　髪も直してきなよ。ひどい寝癖だよ」

亮介に指摘され、髪を触ると、確かに自分から見て左側の髪の毛先が大きく跳ね、カーブしている。寝癖なんて珍しい。「ほんとだ、すごい寝癖」と跳ねた毛先を押さえて笑ったが、亮介は既にプレートの上の肉に向き直っていて私の方を見てはいなかった。

洗面所で、冷たい水で肌をすすぎ、洗濯のしすぎでごわついたタオルに濡れた顔を収める。そのまま上下に手を動かして拭う。唇が擦れる度に痛みを覚え、タオルから一旦顔を離し、曇った鏡に自分を映す。火傷で剝けた皮は、一日二日では修復しない。原因は予選会のステーキだが、帰りのロケバスの中で、めくれた皮がぶら下がっているのが嫌で全部剝がしてしまった。今の唇の表面は赤く滑らかで、炎症のためか水泡のような脆《もろ》い粒状の膨らみがある。この表面が皮で覆われる頃には、また次の本選が始まる。

「あーあああ……」

力なく呻《うめ》く。大食いで満足のいく結果を得られなかったのにも拘わらず、火傷の痛みだけが残ったのが歯がゆい。もちろん、一位ではなかったが二位だったので、本選への出場は保証されている。あくまでも予選で二位だっただけだ。本選で優勝すれば何も問題はない。

いつもなら水で濡らせばすぐに収まる程度の髪の寝癖は、いくら濡らしても直らなかった。あきらめてリビングに戻ると、亮介がステーキを皿に盛り付けていた。二次予選のものほどではないけれど、厚みのある牛肉だ。

「ねえ、どうしたの、このお肉」

冷蔵庫からペットボトルの緑茶を取り出し、グラスに注ぎながら尋ねる。

「今朝スーパーで買ってきた。アメリカ産のステーキ用の牛肩ロース。外で食う高い肉ってサシがたくさん入っててあれはあれでうまいんだけど、安い赤身肉でいいから量食いたいなって思ってさ。でもこれ、かなり分厚くて食べ応えあると思うよ」

ステーキにナイフを入れると、赤い肉汁が滲み出た。レアな焼加減のステーキは生焼けのような印象があって私は少し苦手だったが、構わず口に運ぶ。塩コショウが効いているので食べられる。

「どう？　味は」

亮介に聞かれ、反射的に「美味しい」と答える。亮介も口に入れ、時折首を傾げながらも、黙って食べ進める。

「そう、真王の話だけどさ。俺、一果が負けたっていうツイート目にしてマジでビックリしたんだよ――。正直、家帰ってから動画観ればいいやって思いもしたんだけど、なんかちょっと心配になっちゃって。大会の結果がどうとかじゃなくて一果のことがね。だって負けるのなんて初めてだろ?」

「全部観たの? 動画」

「うん」

「途中寝なかった?」

「寝ないよ。超真剣。一瞬も観逃さないように集中してた」

追及に大真面目に答えるので私は思わず噴き出す。

「ありがと。でもね、今回はまだ二次予選だから。これでもデビューした年の予選会なんて、一次も二次も四位通過だったからね。それ以降は確かにずっと負けなかったけど、たまにはこういうこともあるでしょ。気持ち切り替えて本選頑張る」

自分に言い聞かせるように頷きながらステーキを咀嚼する。肉を切りつつ、二次予選で途中から切れ味の悪くなったナイフや、フォークの持ち手のぬるつき、不快な金属臭を思い出し、一瞬手を止め、記憶を払拭した。亮介はまだ二次予選の話を続ける。

「中島さんって覚えてる？　去年一緒にバーベキューした、取引先の人。中島さんもネットで配信されてる二次予選の動画観たみたいで、わざわざ電話くれてさあ。やっぱり心配してたよ。……あのおばさん、水島薫、化け物みたいだな。調べたら前にも大会出場経験あったんだな。多分観てると思うけど、全然記憶になくってさ。……あれは吐いてると思う。いや絶対吐いてるよ、でなきゃおかしいよ。あ……ごめん、食事中に」

亮介は喋りながらどんどんヒートアップしてきて、腕を荒々しく動かしながら肉を切る。切る動作に伴って、二の腕の贅肉も一緒に空を切るように揺れる。私の大会を観て、これほど熱くなっている亮介を見たのは初めてかもしれない。黙って肉を食べ進めていると、亮介がスマホを操作し、先ほど観ていた二次予選の動画を再生し始めた。

「聞きたかったんだけどさ、後半、一果急に手を止める瞬間あるじゃん？　あれ、なんで止まったの？　結構長くなかった？　覚えてる？　ここなんだけど」

私は自分に向けられたスマホの画面をのぞき込む。亮介が指摘してきたのは、私が満腹感を覚え、頭が真っ白になったわずかな間のことだった。しかし、あの瞬間の出来事は自分にしかわからない感覚なのだ。他人にどうこう説明できる類のものではない。

「……なんかね、この時、一瞬だけ頭が真っ白になっちゃって」

「そうだったんだ。でもこういうちょっとした間が後々影響してくると思わない？無意識だと思うけど、一果、今回の大会で、不意にぼんやりしてスピードが遅くなる瞬間が、このとき含めて三回くらいあったんだよ。カメラに映っている時しかわからないから、映っていない時も含めたらもっと多いのかもしれない。それをなくせば、ここまで一位との差は開かなかったような気がするなあ。あくまで俺の見解だけどね。素人の意見だしさ」

「……ううん。参考になる。ありがとう。なかなか言われないと気づかないことも多いから、こうやって指摘してもらえると助かる」

「良かった。……そうだよな。なかなか自分のことって気づきにくいよな。じゃあ、これからは俺が観て気づいた部分はできるだけ細かく伝えるようにします。任せてね。次は本選だもんなあ。頑張って。むしろこれからが勝負だよ。……予選の結果はさ、そんなに気にすることないよ。一果頑張ってたし、今までが勝ち過ぎてたんだよ。そりゃ、たまには負けることだってあるよ。それに二位だったのはあれだろ？　なんだっけ……モンスター水島。あのおばさんがいたからだろ。だいたいあの人、食べ方汚くない？　俺の友達も言ってたよ。食い方汚いから、観てて不快だって」

亮介はよく喋り、ステーキを半分ほど食べた後は、満足したのか、それとも味に飽きたのか、もう手をつけなくなった。大阪で買ってきたお土産の煎餅の包装を、煩わしそうに指で剝ぎ、中から取り出した個包装の封を破って、豪快に音を立てて齧《かじ》り始める。

自分の分のステーキを食べ終えてから亮介の残したステーキにも手をつける。肉は時間の経過とともに固くなり、私はそれを細かくちぎってグミのように口の端で咀嚼した。噛むほどに玉ねぎの甘みやニンニクの辛味と共に肉の脂が染み出てくるので、味や旨味だけ絞り出すように噛み潰し、やがて何を食べているのかわからなくなるまで噛んだ。こんなに食べ物をよく噛んだのは久しぶりだった。

皿の模様が一瞬食べ物に見えて、もう随分酒がまわっていることに気づく。早織が最大十人は収容できる広々とした居酒屋の個室を事前に予約してくれていたおかげで、周囲の目を気にせずゆったりくつろげる。学生時代はお金に糸目をつけず、ネットで調べた飲食店の口コミを頼りに、「美味しいもの」「雰囲気の良さ」を求めてあちこち食べ歩いていたが、今では美食サークルのメンバーの七人中四人は主婦になり、お金の使い道にはだいぶシビアになった。舌と足を使って食べることに情熱を注いでいた当時が懐かしい。今は味や雰囲気よりもコスパを重視し、飲み会はできるだけ近場で済ませ、食後のデザートまで一軒目ですべて完結させる。「美食」からは離れていったが、メンバーの交遊は続いていた。

開始から三十分も経たないうちに既にビールを二杯、サワーを三杯。数年ぶりに七人全員が集合するという奇跡に、つかの間、ここ数日間の本選に向けたプレッシャーから解放される。しかし、他愛もない日常の話から、すぐに話題は真王へと移った。身近にテレビに出演している人があまりいないから、単純に、物珍しいのだろうと思う。しかし、私は他局の番組には出演していないので、テレビ出演は年に一度、真王だけだ。街でごくたまに、「大食いの人」と声を掛けられる。「大食いクイーン一果」という愛称まで思い出してもらえることは少ない。一般人とはいえないが、有名人というほどでもない。タレントという属性にもあてはまらない。フードファイターと説明するのが最も適切かつ無難なのだが、世間のほとんどは真王の出場選手をアスリートとして認識してくれてはいない。私自身、真王に出演するまで、番組そのものには魅力を感じていたものの、その魅力の正体を突き詰めていくとひどく不謹慎である気がして、素直に楽しめなかった。食べる行為が自分を満たすための行為であり、食に対して貪欲であることは、あたかも性に対してあけっぴろげであるような仄暗い卑しさを内包している、そしてそれを見世物のように人前で披露する番組に対して微かな蔑《さげす》みと愉楽を抱き、皮肉混じりに鑑賞していた。背徳と快楽が一体となって見る者の心を摑むのだから、番組としては成功しているし、究極のエンターテインメントなのだろうとも思う。それでも、自分がいざ選手の立場になってみれば、フードファイターが極めて理性的でプロフェッショナルな職業だとわかる。そして私たちが競技としての大会に覚悟を持って臨もうとするほど、アスリートとしての側面を前面に押し出そうとするほど、それらはすべてエンターテインメント中のパフォーマンスとして昇華される。そうなると、結局は番組に都合のいいように弄《もてあそ》ばれているのではないかという考えにいき着く。腑に落ちないながら、それでもいいと楽観的に捉え出場し続ける選手と、フードファイターとしてのプライドと現実の狭間で折り合いがつけられずに番組から離れていく選手とに分かれる。私は前者だった。

デビュー当初はいくつかのテレビ番組から出演オファーも舞い込んだが、ほとんどすべて断ってきた。唯一、真王での活躍が軌道に乗ってきた頃に他局の大食い番組「人気ビュッフェを食べ尽くせ！」の出演オファーがあり、気は進まなかったが依頼を受けたことはある。しかし、現場では思うように立ち回れず、しっくりこなかった。だが、真王となると別だ。収録でカメラの前に立てば、本来の自分より幾分大胆になれる。マイクを向けられれば笑顔で冗談を言って傷つかない程度にライバルをなじり、相手に求められている以上に饒舌《じょうぜつ》に返答できる。なぜかはわからない。普段温厚なボクサーが、リングに立つと人が変わったように目つきが鋭くなる現象と似ているかもしれない。

選手が声を張りあげたり、目立った言動をするのは、自分の強さを誇示し、ライバルを牽制《けんせい》する目的もある。しかしそれ以上に、完全に周囲との関わりを排除した状態での大食いが苦しいからだ。食べることに専念し、我関せずという態度を首尾一貫して示す選手もいるが、臆病ゆえにかえって自分だけの世界を確立できないのは私も同じだった。自分の底と対峙しながら、底にのまれそうになる、食べる行為に没入するあまり一緒に沈み込んでいきそうな瞬間がある。そういう時、他者の存在や彼らとの交流が、内側へ潜り込んでいく自分を引きあげてくれる。ライバルは時に救いだった。

「今日の主役は一果だからね。前回の飲み会来られなかったでしょ？　もうみんな超会いたがってたんだよ‼　いつの間にか有名人になっちゃってさあ。まあそれを言うなら莉子《りこ》もか。アイドルだもんねえ」

最初に真王の話を振ってきたのは沙也加《さやか》だった。ネットやテレビで番組が放送されると、いつも真っ先に視聴し感想を伝えてくれるのも彼女だ。

「私は全然だよ〜」

沙也加の言葉に、莉子は赤らんだ顔を隠すようにしてはにかみ、舌ったらずな口調で返した。大学時代からアイドル活動を始めた彼女の瞳は、いつ見ても光彩を放ち、表情には年齢に似つかわしくない幼さが滲む。ドラマのオーディションを受けたり、新しいアイドルグループを結成したりと、現在でも精力的に活動を続けており、サークルの飲み会に顔を出す頻度はあまり高くはなかった。

「莉子はさあ、どうなりたいの?」

二児の母親でもある由衣《ゆい》に尋ねられ、莉子は言葉を詰まらせた。

「どうなりたいっていうか……とにかく売れたい。有名になりたい……かな」

「かなりざっくりしてるね。ジャンルは問わずってこと? ドラマのオーディション受けてるなら女優? アイドルは続けていくってこと?」

「うーん、わかんない。でも正直、もうアイドルって年でもないしね……テレビだってエキストラとかちょい役でしか出たことないし、今じゃそんな声もかからないしさあ。そろそろ方向転換しなくちゃいけないかなって思って、今、色々考えてるとこ。一果は大食い一本でテレビとか出られて、ほんとすごいよね。って言うか、前から思ってたんだけど、もともとそんなに食べられたっけ？　大学の時、皆でご飯何度も行ってたけど、そこまで大食いのイメージなかったな……。むしろあたしの方が食べてたくらいじゃない？」

「それ私も思ったー！」

早織がテーブルに身を乗り出して同調する。

「もしかしてうちらに気ぃ遣ってあんまり食べなかった……とか？」

瑞貴《みずき》の言葉を「まさかぁ」と私は跳ねのける。

「あ、でも、気は遣ってなかったけど空気は読んでたかもしれない。ほら、一人だけ多く頼んだら、会計面倒になったりするじゃない？　人前でたくさん食べるのが恥ずかしかったっていうのもある。吹っ切れたのは、大会に出るようになってからかなあ。それに、トレーニングとか続けてると、胃袋って大きくなるんだよ」

「そうなの？」

「うん」

「トレーニングってきつい？」

「まあまあかな。でももう慣れた」

大学時代はまだ食べられるという胃袋の余裕を、まだ食べたいという欲求だと勘違いしていた。穴が空いていれば、それを埋めたい。塞がらないから容れ続ける。容れ続けた先に限界があるのか当時はまだわからなかった。

「大食いクイーン一果って、この前もツイッターのトレンドに上がっててびっくりした。二次予選がネットで配信された時だよ。あと、あの人何だっけ、一位だった人！　超無愛想なおばさん」

「モンスター水島!!!」

梓《あずさ》と沙也加の声が重なる。

「またの名を、鉄仮面・水島」

「あの人面白いよねえ。めちゃくちゃキャラ濃い」

「でも食べ方汚くってやだなあ」

「あー、それわかる」

沙也加の意見に皆が同調したところで、和室の襖が開き、店員が入ってきた。注文したカニクリームコロッケとレモンサワーとハイボールがテーブルの端に置かれる側《そば》から、手から手へドリンクが渡る。空いたグラスや皿をトレイにのせて店員が去っていくと、早織がカニクリームコロッケののった皿を掲げて声をあげた。

「今頃こんなもたれそうなの頼んだの誰〜。そろそろ〆《しめ》のお茶漬けいこうと思ったんだけど」

「ごめん私。頼んでから失敗したと思った。もうお腹いっぱいだわー。誰か食べる人いる？」

皿を受け取りながら、瑞貴が皆の顔を見渡す。

「一果がいるじゃん、一果が」

笑い声とともにコロッケはそのまま私の前に置かれ、それが合図のようにテーブルの上の残り物の皿が次々と私の前に集められた。お通しの蛸《たこ》とアオサの酢の物がなぜか不人気で、ほとんど誰も手をつけていない。

「話戻るけどさあ。莉子は今どんな活動してるの？　芸能人とかとも会えたりするの？」

沙也加が沈殿したレモンサワーをマドラーでかき混ぜながら尋ねる。

「あー、ドラマのオーディションとか色々受けてはいるんだけどね。全然だめ。しんどいよ」

あまり弱音を吐くイメージのない莉子にしては悲観的だった。励ますことすら野暮に思えてくる。自分が何か上手いアドバイスを送れるような自信もなかった。

「今ってさあ、レッスン通いながらオーディション受けて合格してっていう王道のコースを辿ってデビューする子、昔よりは少なくなってる気がするんだよね。インスタグラマーとかユーチューバーがスカウトされたり、お笑い芸人とか歌手とか違う畑の子がすんなりドラマに出られたり――。そうかと思えばカフェだのウーバーイーツだので働いてるど素人が簡単にテレビに出られる時代……。なんか一生懸命やってるのがバカバカしくなっちゃう時があるの。ずるいなって、思っちゃうんだよね。……でも結局自分も同じなのかもしれない。デビューする間口が広くなって可能性なんてどこにでも転がってるって思うと、努力して手に入れるよりも、既に落ちているかもしれない可能性を探す方に躍起になっちゃう。虚しくなる」

莉子はそこでグラスを摑んだまま不意に黙りこくった。

「違う畑ねえ……」

「それはつらいな」

「いくら顔が可愛くても、厳しい世界なんだね……」

わずかずつ間を置いて皆から声が掛けられる。言葉そのものというよりも、言葉の合間に挟まれる間や漏れる息に情感がこもっている。莉子の隣にいた早織の手が彼女の肩に置かれると、私も無言の連帯意識が働いて、鞄の中にあるポケットティッシュへ思わず手が伸びた。

粛々としたムードの中、厳かな連結をといたのは沙也加だった。

「それこそさ、一果にうまいこと口利《き》いてもらって、どうにかできないの？」

全員の視線がいっせいに私に注がれ、言葉に詰まって首を横に傾ける。

「それいいじゃん。一果ずっとテレビに出てるし、関係者に親しい人とかいないの？」

「うーん、そんなに接点はないんだよね。力のある人で……プロデューサーくらいしかいないかなあ、真王の」

「いいんじゃない？　この際だから大食いアイドルって感じでテレビ出ちゃいなよ。いけるんじゃないかなあ。最近結構増えてきてるでしょ？　本業の片手間で大会出場する人とか、大食い番組きっかけでブレイクする人。そういえば、何年か前にもアイドルでいたような……」

「ああ！　いたいた‼　でもあれは声優だよ。藤田美雨《ふじたみう》でしょ？　すんごい可愛い声で『ほっぺた落ちちゃう〜〜』って言うんだよね」

由衣の声真似に、ようやく莉子が笑顔を見せ、さらに皆に煽られて乗り気になってきたようで「あたし、元が大食いだから意外といけるかもしれないな」とつぶやく。

皆が話すように、私が出場した過去四年の真王の中でも、様々な異業種の選手が入れ替わり立ち替わり大会に出場してきた。

一昨年の大会でデビューを飾ったキャッチコピーが「ミス東大」の由良京子《ゆらきょうこ》はデビュー戦の一次予選では六位と微妙な結果だったにも拘わらず、これまでフードファイターにいなかった「インテリ女子枠」をかっさらって注目を浴びた。注目を浴びたからか、業界人との癒着があるからかはわからないが、今大会でも声が掛かり、二次予選に出場していた。結果は九位で本選には進めなかったが、司会の辰沢がコメントを要求すると、自分の知識を生かして食べ物の雑学を披露し、しっかりと爪痕を残した。次大会でも運が良ければまた声が掛かるだろう。彼女の他にも、医者とフードファイターの二足のわらじを履くＤｒ岬《みさき》、プロのマジシャンだという遊志〜ｙｕｓｈｉ〜は記憶に新しい。

もともとが男女混合戦だった真王は、特別編として放送された出場者が女性限定の「女王戦」の反響が大きかったため、以降、九割がた女性選手が占めるようになった。男性出場者が冷遇されて番組やプロデューサーは反感を買ったが、視聴率は年々上がり、近年ではまったくの素人を起用すること自体、減少傾向にある。大食いの実力以外では肩書きや本業も重要視され、モデルの卵や売れない俳優、二世芸能人らが真王の出演を足掛かりに各局の番組やメディアにとりあげられ、有名になっていくケースも増えていた。

「莉子が成功するかどうかは、一果にかかってるってことだね」

「そうそう。牡蠣《かき》事件、いまだに覚えてるよ〜」

「出た出た！　あれ以来莉子は生牡蠣食べれないもんね」

大学二年の秋、サークルの皆でまた何か美味しいものを食べに行こうと話していた時だった。サークルの食事会では肉料理が続いていたので、たまには海鮮系でも食べたいと誰かが言い出し、私が「生牡蠣はどうかな？」と提案した。ちょうど少し前にテレビで、予約の取りづらい人気店として都内のオイスターバーが取り上げられていたのを思い出したのだ。

ダメ元で店に電話をかけてみると、キャンセルが出たために直近で一日だけ空いているという。すぐに予約を入れた。予約を入れたその日は莉子の大事な舞台のオーディションの前日だったが、彼女はせっかくだからと一時間だけ店に顔を出した。火を通した牡蠣であれば、あんなことにはならなかったと思う。牡蠣は驚くほど滑らかで美味しくて、だからこそ箸が進み、コースだったが物足りず追加注文をした。その夜中から翌日の朝にかけて莉子を含めた三人がラインで体調不良を訴えてきた。お腹を下したらしい。莉子は体調が戻らず、オーディションを受けることを断念した。何でも、当時所属していた事務所の先輩の口利きで受けることが決まったオーディションで、彼女にとっては千載一遇のチャンスだったらしい。あれ以来、莉子は牡蠣が食べられず、オーディションの前日は決して食事会に顔を出さないようになってしまった。

自分に直接非があるわけではないのはわかっているが、莉子への後ろめたさはいまだにしこりのように心にすみついている。

結局、話の流れから引くに引けず、店員が伝票を持って個室に入ってくる頃には、私が真王のプロデューサーに掛け合ってみるということで話がまとまっていた。

仁科の顔が近い。二次予選からひと月が経ったある日、私は真王のプロデューサーである仁科と二人で都内の飲食店で食事をしていた。店に入って三十分は経過しただろうか。外を歩いていた時に感じた汗は、店内の冷房で急激に冷やされ、ノースリーブの脇に生乾きのような湿りけを覚える。夏に行われる真王の本選に向けて脇のレーザー脱毛を始めたのは一昨年のことだ。脱毛が原因かはわからないが、ここ数年で汗を感じやすくなった気がする。

広々としたカウンター席に腰かけ近距離で肩を並べる私たちは、端から見たらどのような関係性に見えるだろう。仁科の話に耳を傾けながら、じっくりとその顔立ちを観察する。出会った当初、私が二十四歳で仁科が四十歳。あれから四年ほど経つけれど、仁科は何ら変わらない。肌にはところどころ肝斑《かんぱん》のようなムラのあるシミが点在しているが、これは出会った頃からあるもので、肌つやはよく、黒々とした頭髪は豊かだった。

席に着き乾杯をしてすぐに、莉子の話を持ち掛けた。連絡先を教えたが、仁科はあまり興味を示さず、それでも私は頼まれた目的が済んだので少し気持ちが楽になる。酒を呑み、料理をつまみながら、仁科の話は過去へと遡った。

「四年前は食べるのが好きな素人。それが今では、番組の看板フードファイターになったんだから、感慨深いよねぇ」

透明な日本酒が半分ほど入ったお猪口を持つ浅黒い左手は皺や傷跡が目立ち、顔には見えない苦労が滲む。仁科徹平《てっぺい》。大学卒業後大手テレビ制作会社に入社し、数多《あまた》のテレビ番組を手掛け、バッシングを受けながらも「真王」を高視聴率をキープする人気番組に押し上げた敏腕プロデューサー。仁科と出会ったのは、地域活性化のために地元商店街の飲食店を拠点に行われたデカ盛りグルメに挑戦していた時だ。期間中、各飲食店が、一押しのメニューを三kg～五kgのデカ盛りに仕立てて特別メニューとして販売する。スタンプラリー制になっていて、各店のデカ盛りをクリアするごとにスタンプが貯《た》まり、すべて集まると地元の飲食店で使える商品券一万円分が商工会からプレゼントされるのだ。デカ盛りメニューを食べきることができれば会計は無料、その上スタンプも貯まるので、私としては挑戦しない理由がない。イベントはもともと一週間のみの開催予定だったが、メディアに取り上げられて大きな話題になり、二週間の期間延長となった。当時から真王のプロデューサーを務め、大食いの素人を探してプライベートで視察にきていた仁科に、中華料理店のデカ盛り炒飯を難なくクリアした私は、その場でスカウトされた。そして、その年の真王に、一般公募で集められた書類審査通過者とともに一次予選から出場したのだ。

「真王も、昔は今ほど自由にやらせてはもらえなくて、色々縛りがあったんだよ。他局で活躍してるような既に名前の知られてるフードファイターとか、知名度のある芸能人起用すれば話題にはなるけど金がかかるし、いつかは飽きられる。それで一般公募で大食いの素人集めたり、俺が自分で探したりしてさあ。これが結構大変なのよ。その分、逸材に出会えた時の興奮がでかいんだよね」

黙って仁科の話を聞きながら、私は漠然とした不安を覚える。脇の浅い窪みに湿った汗が溜まる。折り畳まれた手拭きを開いて、畳み、また開く——。意味もない動作を繰り返すと、不安が少し和らいだ。店員が運んできた焼き鳥の砂肝を口に含む。仁科はほとんど料理に手をつけていない。自分が食べるよりも、人が食べている姿を見るのが好きだという。

「お陰様で誰もが知る有名番組になったけどね。素人感が受けたんだよね、昔は。あのテレビ慣れしてない感じ？　実際、放送されてないだけでハプニングもあったからなあ。荒井真保《あらいまほ》っていただろ？　一果のデビュー戦の前年に王者になったけど長続きしなかったやつ。翌年にドクターストップかかってさあ……あれはまいったよ。一次予選なんて吐いちゃうやつ、毎年一人はいるしさ」

ほどよく酔いがまわり、感傷的に昔を振り返る仁科の横顔を見て、私は少し身構えた。今日二人で会ったのは今月誕生日を迎える私のお祝いということだったが、実際には他に話があって呼び出されたのではないだろうか。一度そう思うと、私の考えはほとんど確信へと変わって、憂鬱さが頭をもたげる。歯ごたえのある砂肝を根気よく咀嚼していたが、途中から咀嚼する気が失せ、好物の白子ポン酢を飲み物のように器の端から滑らかに啜《すす》り上げる。白子はいい。味もいいし、嚙まなくても勝手に喉を滑り落ちてくれるので、顎に負担がかからず、無限に食べられる。

確かに誕生日という名目がなくても、これまでにも仁科が大会後に食事に誘ってくることはよくあった。しかし、彼が私と出会った当時を思い返したり、過去の大会を振り返ったりすることはまずない。仁科の話は常に番組の未来に向けられていた。

——こういう番組が作りたい。

——こんな風に番組を盛り上げていきたい。

そのひたむきな野心と、自分の発言を着実に実現していく姿を見て、私にまで彼の情熱が伝染する。仁科から掛けられた言葉で、忘れられない言葉がある。仁科はおそらく覚えていないだろう。私が初めて真王に出場した一次予選でのことだ。胃袋には余裕があっても食べるスピードが遅いせいで予選会のメンバーの中でも遅れをとってしまった私に、彼はそっと耳打ちしてきた。

「こんなもんじゃないでしょ？」

そのたった一言で、突き動かされるように私はスピードを上げ、リードしていた選手との差をあっという間に縮めた。

あの言葉を受けてから、真王に臨む意識が大きく変わった。食べ続けた先に勝利が待っているのではなく、勝つことを意識して、勝つために食べようと思うようになったのだ。目の前にある食べ物ではなく、その先にある勝利だけを見据えてきた。

「ほんとにさ、一果がいてくれてよかったよ。一果がいなかったら、今頃真王はどうなっていただろうと思う」

仁科が赤らんだ顔をこちらに向ける。お猪口が空になったのでおかわりの催促だろうと徳利を手に取り、ゆっくり傾ける。注ぎ口とお猪口の端が当たって涼やかな音が湧いた。

「でも私、看板フードファイターじゃなくなっちゃいそうですけど」

仁科の反応が気になって、私はわざと弱音を吐く。

「二次予選のことか……やっぱり気にしてる?」

「うーん、わからないっていうのが正直なところです。負けたのが初めてだから、ちょっと戸惑っていて」

「本選は勝てそう？」

「もちろん、そのつもりではいますけど。……水島さんって、何年か前にも本選に出場していた人ですよね？　その後の大会では見かけませんでしたけど、どうして今になってまた出てきたんですか？」

「その話、聞きたい？」

急に声を潜めて仁科が言うので、「はい」と返す私の声までか細くなる。

「じゃあ食べながら聞いてよ。穴子の天ぷら、せっかく頼んだのに冷めちゃうよ」

彼が指し示した方を見ると、確かにいつの間にか天ぷらの盛られた皿が置いてあった。箸でつかみ、口に含む。衣の油と淡白な穴子の風味が優しく溶け合う。これも噛む必要がないほど柔らかかった。

「いや、正直、水島があそこまで食えるとは予想してなくてさ。驚いたよ。驚いたし、俺はやっぱ慧眼《けいがん》だなと思ったよね」

手元の手拭きを広げ、また畳もうとする。手拭きは水分を失い、乾いていて、うまく畳むことができなかった。仁科はそこで何気なく私の肩に左手をのせ、話を続ける。彼は酔っているように見えたが、話す声には淀みがなかった。

「一果の時もそうだけどさあ、今回の大会、俺が声掛けたんだよ、水島に。彼女、確かに過去に大会出場経験あるけど、これといった結果残してなかったじゃん？　だから期待してたわけじゃないんだけど、こいつはなんかあるなと思ったんだよね」

「……あの、水島さんって、実際、どうなんですか？」

「実際って？」

「吐いてるの？　大会の後で、全部吐いてるの？」

その言葉を言うのに、ひどく勇気が要った。しかし私はこんなことを彼に聞きたいわけではなかった。

「さあ、どうだろう……。まあ、俺は実際どっちだっていいのよ。吐いていようが吐いてなかろうが。それでなくてもフードファイターにはつきものだしね、そういう噂。真王がヤラセなんじゃないかっていう噂くらいつきもの。実際には、ヤラセもない。台本なんかあるわけない。大体、台本があって選手があんな表情できたら、役者やってるだろうがって俺は思っちゃうのよ。目立つ選手ほど、妨害しようとする奴は出てくる。一果だって有名になればなるほど色々言われるだろう?」

「……今でもあります。ネットとかに書かれること」

「だろ? 今回の敗戦はまったく気にしなくていい。今日はそれを言いたかったんだよ。こんなもんじゃないだろ? 俺が見出した原石だもん、一果は」

私の顔をジッと見て、しばし彼は黙った。物思いにふけるように目を細め、私の肩から手を離し、また日本酒を啜る。急な沈黙に緊張しながら、私は天ぷらを完食したところで出てきたローストビーフののった肉寿司を口に運ぶ。

「正直、一果が出演するまでは、番組の批判も多かったんだよ。一果の出現は、これまでの大食い番組の概念を覆《くつがえ》した。ただ速く食う。ただたくさん食う。そうじゃない。こんなに細くて可愛い子が、ニコニコしながら想像もつかない量を平らげていく。今回の敗戦はあれだ、ストーリーとして必要だったんだよ」

「ストーリーって？」

「一人の出場者が永遠に勝ち続ける番組を見たいと思うか？　挫折や失敗、紆余曲折ある方がストーリー性があって面白いよ。それこそエンターテインメントの醍醐《だいご》味《み》なんじゃないかなあ」

仁科はそこでうっすらとしか開いていなかった目を大きく見開き、天井を仰いだ。天井の明るい光が、色素の薄い瞳をまばゆく照らす。腕を組み、彼は何かを噛み締めるようにゆっくりと瞼を閉じた。

「大食いには夢があるだろ。俺なんかわりと貧しい家庭に育ったから、物心ついた時には親父いないし、おふくろは働きに出てたけどそんなに稼ぎもなくて、兄弟も多かったから腹いっぱい食べられなかったんだよ。一果、前に、満腹を感じたことないって言ってたの覚えてる？　俺は違う意味で満腹感ってものを知らないで育ったわけ。親元離れてアルバイト始めてからは生活も安定し始めてさ、ある時、腹いっぱい食いたいと思って、友達と寿司屋に行ったんだよ。安いチェーン店の回転寿司なんだけどさあ、自分の中で制限つけずに好きなだけ食えるって解放感と、大袈裟な話、何か禁忌でも犯すみたいな興奮があったの今でもよく覚えてる。三十貫食おうと思ってたんだよ。でも結果は二十五貫。もとがそこまで食うタイプじゃないから、満たされた気持ちになったのは二十貫目くらいまで。二十五貫で限界きた時、別に勝敗があるわけでもないのにすげえ敗北感で。大好物の寿司だし、金はあるし、好きなだけ食べていい状態なのに、これしか食えないんだっていう絶望感。ばかだよなあ。だから俺にとって、大食いは夢なの。一果みたいに、尋常じゃないくらい食う人見てると、なんか自分の夢が報われたような錯覚を覚えるんだよ」

仁科はそこで日本酒を頼むついでに、私に食事のメニュー表を渡し、注文を促した。

「好きなだけ頼んでいいよ。まだ胃袋の半分も満たされてないだろ？」

彼の言葉に、気になっていたメニューを七品ほど追加注文する。料理が届くまでの間、仁科は自分の座っている席の横から、さっと紙袋を取り出し、差し出してきた。

「これ、ちょっと早いけど誕生日プレゼント」

「え、ありがとうございます。すごい……かわいい袋。中、見てもいいですか」

取り出してみると、透明な包装にフレアデザインのキャミソールビキニが収まっている。

「これって——」

「ちょっと露出多いかなあって思ったんだけど、これくらいの方がいいと思って。若いんだしさ」

「私に、似合いますか……？」

「似合う似合う。あ、勘違いしないでね。別に俺の前で着る必要はないから。……それ着てさあ、彼氏と海にでも行ってきたら？　本選までにまだ時間あるし、いい気分転換になるでしょ？　一果は真面目すぎ。二次予選のこともさ、気持ちはわかるけど気にしすぎだよ。本選は、肩の力抜いて、フラットに臨んでくれればいいから。楽しむのが一番だよ。結果は後からついてくる」

脇汗をかいていた。店内は冷房が効きすぎていて寒いほどだったが、脇の下の窪みを這うようにぬるい汗の線が伝っていた。水着をそっと袋に戻し、私は仁科に礼を言う。

注文した料理が届き、話題は番組から消えたフードファイターたちの現状に移った。どこかで聞いたことのあるゴシップネタが繰り広げられる。私は話を料理とともに飲み下しながらやがてトイレに行くため席を立った。席から立ち上がった途端、店内の音という音がいっせいに鼓膜に流れ込み、軽い眩暈《めまい》をおぼえる。店内の照明がまぶしかった。トイレに辿り着くまでの通路は長く狭かった。通路に面したテーブル席の客が、私のために椅子を引いて道をあける。床が軋んだように身体がわずかに傾く。それほど酒を呑んでいないのに、足取りがおぼつかない。ひとつしかない女性用の個室トイレから出てきた女性と入れ替わるように中に入る。流したばかりの水は勢いがあり、私は温もりのある便座に腰掛けた。排尿の後に排便をし、しばらく待っているとまた下腹に熱を感じ尿意を覚える。失速した水の流れはひどく穏やかで、私は少しずつ酔いが醒めていくのを感じる。脇汗はいつの間にか完全に乾いていた。

本選収録日の朝、外は異様なほどの熱気に包まれていた。朝早くに起床し、冷房を効かせた部屋で身支度を整えていると亮介も起きてきた。平日なのでこれから彼は仕事のはずだし、収録日の朝はいつも寝ていて私が家を出ていくことすら気がつかない。最近の亮介が、真王に関心を示しているのはわかる。先日も胃をさらに拡張させるために一人でトレーニングに打ち込んでいると、横から動画撮影をしてきたり、用意した料理を味見して感想を述べてきた。

「まずっ!!　一果いつもこんなもん食ってたの？　味全然ないじゃん」

トレーニングの食べ物は大抵いつも決まっている。米を水でふやかし量をかさ増ししたおかゆや、茹でた麵。大量に用意しては、味付けをせず、水と交互に胃の中に流し込む。

「こういうものなんだよ。目的は胃を膨らませることだから、味とか必要ないの。大量に用意するからその分、調味料も減っちゃうしね」

「へえ……大変なんだな。俺なんかは、わざわざ不味いもので腹満たしたくないって思っちゃうけど、そういうのとは違うんだもんなあ」

独り言のようにつぶやいたかと思うと、今度は持っていたスマホで私のトレーニングの様子を撮影し始める。

「何？　撮ってるの？」

「うん。こうやって動画で撮っておけばさあ、後で自分で見直せるだろ？　改善点とか、きっと見つかるよ。モデルやってた頃さ、ウォーキングが上手くなりたくて、こんな風に動画で撮影してもらってたんだよ」

電話が鳴って、亮介が撮影を中断して部屋から出ていくと、肩の力が抜け、同時に直に口をつけて飲んでいた一Ｌの水が入ったペットボトルを落とし、テーブルにぶちまけてしまった。急いで拾い上げたので幸いそこまでの惨事にはいたらなかったが、計測に使うストップウォッチに水がかかり、慌てて拭う。テーブルを拭き終えると、床にも水が垂れていることに気づき、乾いた雑巾で吸収させる。

「どうしたの?!」

電話を終えて戻ってきた亮介は屈んで床を拭く私を見て声をあげた。

「こぼしちゃって……」

「俺やるから、一果はそのまま続けな」

亮介はそう言って私に代わって床を拭き始める。仕方なく私は席に戻り、食べるのを再開した。

「今の電話、実家からでさ。途中でテレビ電話に切り替わってばあちゃんと少し話した。最近体調いいみたいで。正月、帰省しようか迷ってるんだけど、一果も一緒に来る？　会いたがってたよ。別に予定ないでしょ？　せっかくだから俺んちで過ごそうよ」

亮介は手を止め、顔をほころばせて私を見上げる。私は口に食べ物を含んでいて、返答することができなかった。


洗面台の前に立ち、露出した肌にウォータープルーフタイプの日焼け止めを隙間なく塗布する私の横で、亮介は明るく声を掛けてきた。

「いよいよだね」

「うん」

「頑張って」

「うん。頑張る」

キャミソールのストラップを下ろし、手の届きにくい背部に日焼け止めを塗っていると、亮介が私の後ろに回って手を貸してくれる。

「塗ってあげるよ」

「ありがとー。助かる」

肩下まである髪を片側に寄せ集め、散らばらないよう固定する。量の加減がわからなかったのか、手のひらに出しすぎた日焼け止めを、亮介は背中の上部一か所にのせ、そこから懸命に放射状に伸ばしていく。とろみのある白い液体はなかなか肌に馴染みにくく、広げる度ムラができるのに亮介は手こずっているようだった。徐々に力が激しくなり指圧で身体が前に押されるので、髪から片手を離し、洗面台の縁に掴まる。鏡越しに、亮介が私の表情をのぞき込む。昨日は早くに布団に入ったが、朝方までほとんど熟睡できなかった。寝不足の血色の悪さを見られるのが嫌で、さりげなく顔を伏せる。

「緊張してる?」

「うーん……今はあんまり。でも現場に行ってセットを前にしたら緊張してくるかもしれない」

「いつもは緊張してるの？　ここ数年の収録では」

「そんなにしないかなあ。緊張よりも集中力の方が上回ってる」

「そっか。一果なら大丈夫だよ。ぜったい大丈夫。仮に今回万が一負けちゃったとしても、これまでの一果の実績がなくなるわけじゃないんだし。俺だってついてる。引退して俺と結婚するとかね」

　隆起した肩甲骨の段差にときおり指先が引っかかり、「ごめん」と亮介が漏らす。私は蛇口をひねり、日焼け止めの付着した手を石鹸で洗い流す。亮介は話を続けた。

「実際さ、フードファイターって、いつまでも続けられる仕事じゃないだろ？　現実的に考えたら。年齢制限なんてないとは思うけど、身体にだって負担はかかるし、体力的にもこの先何年も続けていくのは無理じゃん？　子供だってちゃんと産めるのかなあとかさ。俺、大食いの人の身体の構造とかよくわかんないけど、まあ、色々と不安はよぎるよね」

「亮介がそんなこと言うの珍しいね」

「俺だって結構心配してんのよ。もちろん、一果が納得いくまでやるのが一番だとは思うけどね。もし食べる仕事この先も続けたいんだったら、少し方向性変えて、他局のグルメ番組に出演してもいいんじゃない？　一果ならいくらでもオファー来るだろ。競争型の大食い番組って苦手な人も多いし、一果もそこまで身体張るの疲れない？」

丁寧に擦り込んだ日焼け止めを馴染ませるみたいに、亮介は喋りながらおざなりに手のひらを滑らせる。

「疲れるよ。でも、疲れないとやり切った感じがしないんだよね。タレントになりたいわけではないし、他局のグルメ番組に出たいとも思わない。真王だから意味があるし、出たいと思うの」

思いのほか強い口調で抗議すると、亮介は少し白けたように背中から手を離した。俯いたままの私の表情を鏡越しに確認して、気づまりな空気を冗談で転換させる。

「あーあ、俺がプロデューサーだったらなあ。自分にとって都合のいい番組作るのに。水島みたいに、一果にとって不利な人間は入れないの。そしたら一果は永遠に勝ち続けられるよ」

「そんなの観て誰が面白いのよ」

「面白いとか面白くないとかじゃないんだよ。一果が幸せで、俺が観たい番組を作るの」

　亮介の間の抜けた発言に、私は脱力する。亮介は、互いの主張によって意見がぶつかりそうになる時、会話が深刻になりそうな時、すばやくそれを回避する。くだらない発言やふざけた調子で場を和《なご》ませ、少々強引なほど話題を変える。そういう時の亮介は、どこか必死で、かわいそうなほどに切実だ。彼は同時に、自分が理解できない物事に直面しても突き詰めて考えずに踏みとどまる。それでいて、相手に気を遣って発言を控えたりはしない。言葉を口にする前に考えるのではなく、口にした後の相手の反応を見て後悔するのだ。私も私で追及しないので、基本的に摩擦は起きない。本音でぶつからない分、付き合いは長くても互いに心の底からわかり合えているとは言い難い。今となってはもう何がきっかけでそうなったのか覚えていないが、同棲して二年目くらいの頃、一度だけ言い争いになりかけたことがある。亮介はいつものように事態を回避するため言葉を紡ぎ、軽い空気に持ち込もうとしたが、珍しく私が追及したために、彼はおかしくなった。ぼんやりと虚ろな目をして、普段は饒舌なのに、何を言っても返してこない。混乱をあからさまに晒す亮介の姿が、わかりやすい態度で怒りを表明されるよりもずっと恐ろしかった。

私の場合は自分の将来について聞かれると、亮介のような混乱が生じる。自分でもわからない先のことを追及されたり踏み込まれたりすると、頭が真っ白になる。現実的に訪れるであろう年齢や体力の限界と、大会出場への意欲との間でうまく折り合いをつけられない。だからこれまでは考えようとしてこなかった。時が来たら考えればいいと思っていたのだ。水島に負けるまでは、真王にこだわり出場している理由も、私の中では混沌としたままだった。今の私は、確かに水島に勝ちたい。でも、それだけではない。私は、私の底を知りたかった。おそらく、ずっとそう思ってきたのだ。隙間なく食べ物を詰め込んだ先に、恵まれた身体の奥行の先に、コントロールし得ない領域まで達した時の自分の最奥部を感じたかった。

亮介がその場を離れると、私は彼の目につかないところで着替えを始める。下着を脱ぎ、代わりに仁科からもらった水着を身に着ける。勝負下着のような、お守りのような意味合いで着用した。実際、大会前に神社に参拝に出かけたり、収録にお守りを持参する選手もいる。私は常に身ひとつで大会に臨んできたが、今回の本選はどこか心許なく、何かに縋りたい気持ちが強かった。水着の上から通気性の良い薄手のパーカーを羽織ってファスナーを引き上げ、洗面所を後にする。

「一果ぁ、今日東京三十七度超えるって！　大丈夫？　熱中症で倒れないでね」

リビングでテレビの天気予報を見ながら亮介が声をあげる。彼は手のひらに残った日焼け止めを、無造作に自分の腕に伸ばしている。

「平気、暑さには強いから。水分も摂るし、冷却グッズもたくさん持っていく」

暑さには慣れている。そう思いながら冷蔵庫を開けると、日焼け止めを塗り終えた側《そば》から噴き出した汗を一瞬で冷気が冷やした。

本選出場者は私を含め七人で、そのうち三人は一次予選で選出された今大会初参加の選手だ。正面から見て右端が私、そして左端が水島薫で、二次予選とは違い水島との間に距離がある。席が離れていると、その分プレッシャーは受けにくいが、相手の動向を観察しづらい。近くであれば食べている最中に何気なく視線を注げるが、距離があると視野に収まらず、意識して観察していることが周囲から悟られてしまう。司会者の実況で相手の状況を判断するしかなかった。実際、水島薫はあまりにポーカーフェイスで、表情を読み取ろうとしても読めないので、距離が近いところで、あまり意味はないのかもしれない。大食い大会は心理戦だ。どんなに焦っても焦った表情をしてはいけない。どんなに満腹でも、常に余裕のある構えを、相手にも周囲にも見せておく必要がある。誰に習ったわけでもないが、私はそれをほとんど無意識のうちに自分に課していた。

本選のメニューを見て、自信が湧く。用意された料理はロコモコ丼だった。白飯の上に目玉焼きとハンバーグののったハワイアン料理の定番だ。もっと食べにくそうな料理が用意されるのではないかと思っていた私は、少し拍子抜けした。これなら無限に食べられる。目視の段階で、イメージトレーニングが捗《はかど》る。ハンバーグは大きく食べ応えがありそうだが、柔らかく咀嚼の負担が少なそうだ。それに上にのっている半熟卵を潰して粘性のあるタレと一緒に白飯に絡めれば食べやすい。ステーキのように切る手間はなく、ぱっと見た感じでは、固いものもない。しいて言えば丼に添えられている厚めにカットされたパプリカは歯ごたえがありそうだが、そこまで警戒すべき食べ物ではないだろう。これは余裕ではないだろうか。屋外での収録のため、気になるのは日差しだ。外気温は三十七度を超え、息苦しいほどに暑い。ゼッケンとパーカーの下に着ている水着は、既にしぼれそうなほどの汗で濡れていた。脇の窪みに溜まった汗が服に染みこんでいるのがわかる。脇の汗染みはテレビ画面越しに想像以上によく映る。実際に人から言われたことはないが、大会の映像を観直していた時に、自分で気がついた。しかし、競技が始まれば、身なりに構っている余裕などない。

私には、真王の舞台が見世物であるという意識が根強くある。プロフェッショナルな競技者として認めてもらいたいと願いながら、同時にただ食べる姿だけを見せるのは傲慢である気がして、収録が始まると番組を盛り上げていかなければいけない、観ている人にできるだけ不快な思いをさせず、エンターテインメントとして成立させなければ、という使命感が生まれるのだ。

水で濡らしたタオルを首にかけ、持参したハンディ扇風機をまわしてテーブルに置いてみるが、暑さは変わらない。用意されたテントは薄い生地で、おそらく遮光率の低いものだ。日差しが容赦なく頭に降り注ぎ、頭皮と露出した二の腕が強く熱を持った。額から顔から首から胸から、汗が身体中を伝う。気合いを込めて汗で濡れた髪をヘアゴムでひとつに結わえたが、今度は露出した首筋に日差しが当たる。水島薫は席に着いてから一言も言葉を発していない。俯き加減にテーブルと椅子の距離感を確認し、水の入ったペットボトルやスプーンの配置を何度も移動させている。眼鏡の奥の神経質そうな瞳が、一瞬、こちらを見たような気がした。

「スタート!!!」

予選に続いて司会を務める辰沢の盛大な掛け声と共に幕開けとなった。スプーンを摑み、いただきますと顔の前で丁寧に手を合わせる。全体にハンバーグのソースが絡むよう手早く丼を混ぜ、最初の一口目を口元へ持っていく。混ぜた時点でうすうす気づいてはいたのだが、やはりそうだ。ハンバーグの中にはチーズが仕込まれていた。

「一口が大きい!!」

早速辰沢が私に食いついてきたので、顔を横に向け、自分なりに研究を重ねた一番美味しそうに見える角度でカメラに向かって一瞬静止してみせる。

「めちゃくちゃ美味しいですー!!」

「相変わらず可愛いねー、クイーン一果は。癒されるねー。今回の対決料理は、ほんと美味しいですよ。いや、こういう丼もの、個人的に大好きで。何でしょうね。シンプルなんですけど、甘じょっぱいハンバーグのタレと半熟卵が絡んでご飯と相性抜群で。実はこのハンバーグに小さな仕掛けがあるんですよ。もう気づいたかなー。これがまた美味しいんですけどね、後半は少々へビーになってくるかも……って、え、なんか鉄仮面・水島が文句あるみたいですね。えー何ですか……? 声がちっちゃくて全然聞こえないのよ。おまえの方から来いって? わかりました、僕の方からね、話を聞きに行きますよ。食べることに集中しててくださいねー」

辰沢がわざとゆっくり水島に接近し、腰をかがめて、横からマイクの先を彼女の口元へ近づける。

「なになに……? えーっと、マイクでも拾えない声ですね、もう一度お願いします」

水島薫は自分から絡んだにも拘わらず、向けられたマイクをうっとうしそうに払いのけ、独り言のようにぼやく。彼女の発言を辰沢が拾い、自分の声でリピートする。

「……辰沢がさっき裏でつまみ食いしてるの見ました……って、何でばらすのー？皆さん、たった今、鉄仮面・水島に暴露されました。それにしてもつまみ食いとは悪意がありますねー。司会者として大会のメニューの味を知っておくのは当然だなと思ったんですけどねー」

辰沢がとぼけた表情で言いかけた時、今度は別の選手がそのノリに乗っかって辰沢をなじり始める。昨年前期の本選で二位の実力者である相沢《あいざわ》ゆず季《き》だ。二次予選とはまた違った空気感に場内が包まれる。

「嘘うそー！　ワンスプーンで終わってなかったじゃん。ご飯残して上のハンバーグだけ何個も食べてるとこ、私見てましたよー！」

相沢ゆず季は妙に砕けた口調で辰沢を非難する。声は相変わらずの美声である。

宝塚のファンで自身もオーディションを受けたことがあり、現在は蜂蜜の製造会社に勤める傍らフードファイターとして活躍する異色の経歴の持ち主。宝塚男役のコスプレを披露することもあり、昨年出場した大会では敗戦理由をコスプレのせいにしていた。実際、一番上に羽織っていたマントが食べる際に邪魔だったようで、開始直後からマントを脱ぎ捨て、腰につけた重たいサーベルを外し、足を締め付けていたブーツのジッパーも下ろし、ウィッグを取って腕をまくり、最終的には舞台用のアイメイクも汗で流れて、ひどい様相だった。

「いやあ、ほんとによく見られてますね。恥ずかしながらハンバーグとかカレーとかオムライスとか、子供が好むもの全般、大好きなんですよ。ご飯まで食べるとお腹いっぱいになっちゃうから、ハンバーグだけでいいの」

首にかけたタオルで照れ臭そうに額の汗を拭いながら弁解する辰沢に、水島や相沢がまた野次を飛ばす。大会の序盤はまだ出場者たちに余裕があり、こういう準備運動のような光景が見受けられる。緊張をほぐしながら、集中力を徐々に高めていくのだ。さながら笑えない漫才のようなシュールさが漂っているが、変にチームワークが確立されていない分、そこに混ざることを強要されないのは楽だ。私は二次予選を教訓に前半の無駄話を控えようと意識的に考えていたが水島は逆だった。余裕があるのか、二次予選を一位通過したことで自信が出たのか――。「それにしても暑いですねー。手元の温度計で今、三十八度です。選手の皆さんは水分補給もしっかりしてくださいね」水で濡らしたタオルをハチマキのように頭に巻きつけ、辰沢は気遣いを見せる。

スタートダッシュを切ったのは驚くことに今大会が初出場で二次予選では三位の新人・河沼《かわぬま》エリだった。彼女と僅差《きんさ》の私と水島薫はほぼ同列で食べ進め、残りの出場者が追いかけるという形だ。水島は二次予選同様、自分のペースを決して変えない。焦りも見えない。中盤に差し掛かると、河沼は少しペースが落ち、代わりに私がトップに躍り出る。水島とは丼一個半ほどの差がある。

「トップはクイーン一果。クイーン一果がリードしています。予選での惨敗を胸に、本選へ臨んだ彼女の覚悟は我々には計り知れないものがあるのかもしれません。目つきが違いますからね。いい目をしています。一方で……鉄仮面・水島は、相変わらず鉄仮面のままですねー、表情がまったく読めません……!!」

優勢になった途端、緊張が少し緩和される。余計なことは何も考えず、このままペースを落とさずに食べ進めればいいだけだ。欲を言えばもう少し水島と差をつけたいところではあるが、ハンバーグの中に仕込んであるチーズが、思いのほか食べにくい。とろみのある緩いチーズであれば米粒や具材と絡みやすいのかもしれないが、弾力があって嚙み切りにくく、スプーンにまとわりつくため時間のロスになる。

辰沢は選手たちの背後で様子を観察しながら、今回の対決のメニューである「ロコモコ丼」の解説を始めた。

「ロコモコ丼の上にのっているハンバーグ。甘辛いソースがよく絡んだこちらは牛肉と豚肉が6：4の比率で配合されていて、あっさりめのハンバーグに仕上げてあります。そしてもう皆さんお気づきだと思いますが、こちらはただのハンバーグではなく、チーズinハンバーグになっております。結構苦戦してるかな……？　鉄仮面・水島に至っては、ハンバーグを割らずにほとんど丸飲みしてますからね。でもこれは賢い食べ方かもしれません。ハンバーグ、一度割っちゃうとチーズが糸引くので口に持っていくのに手こずるんですよー。それから唯一の野菜、パプリカ。色鮮やかです。これは実は国産なんですよ。岡山県にある石川さんの農家で収穫されたもので、私も大会前の試食で口にして、凄く肉厚でシャキシャキしてて感動しました。ただね、意外とサイズが大きいのと、野菜の割にはお腹に溜まります。顎を結構使うかなー？　最後にパプリカだけ食べる選手も多いですね。それから目玉焼き……えー、これはね、ただの目玉焼きです。普通のスーパーで売っているような卵を目玉焼きにしました。たくさん用意してますからね、そのうちのいくつかは微妙に半熟じゃない目玉焼きもあるかもしれません。むむ、これ半熟じゃないぞって思ってもね、胃の中に入っちゃえば同じですから、選手の方々には気にせず食べ進めていただきたいな！　と思います」

ほとんど息継ぎなく辰沢は喋りきり、さらに休むことなくマイクを持って背後から選手たちに話を振る。

「えーっと、たまには出場者にライバル聞いてみましょうか。……今大会が初出場で最年少の樹希亜《じゅきあ》ちゃんに聞いてみようかなー。予選でも言いましたけど、樹希亜って本名なんでしょ？　すごい名前だよね。今大学生？　……大学何年？　ごめん、おじさん質問しすぎだねー。本題行きましょう！　早速ライバル教えてー？」

あどけない表情をした女子大生の樹希亜は口を食べ物で目一杯膨らましたまま、迷いなく、まっすぐに水島を指差した。

「鉄仮面・水島？」

カメラではなく、辰沢に上半身ごと向けて口元を手で覆ったまま、樹希亜は深く数度うなずく。

「え、それはどうして？」

「……強いから。圧倒的に」

「それを言うならクイーン一果じゃない？　予選では鉄仮面・水島が勝ったけど、まぐれかもしれないよー？　今のところ王者は一果ちゃんだからさあ。過去の大会、見たことある？　こんなに可愛い顔して、胃袋はちっとも可愛くないのよ」

「時代は今、水島さんに来てるかなって。……どれだけ食べても苦しそうな表情を見せないのがカッコいい。憧れます」

「憧れます……！　最高の褒め言葉じゃないですか？　鉄仮面・水島、それに対して何かある？　若いフードファイターの憧れだってよ。……もうちょっと喜んでもいいのにねえ。まあ、いずれにしても、あと、およそ二十分で、真の大食い王者が決定します。泣いても笑ってもこれが最後の戦い。クイーン一果が勝てば五連覇、もし敗れれば、四年ぶりに王者の称号が塗り替えられます……果たして勝利の女神はどちらに微笑むのか?!」

　ロコモコ丼の食べ方には、想像以上に苦戦した。炒飯のように既に具材と米が混ざり合っていればそのまま丼に口をつけて中身をかきこめるが、目玉焼きとハンバーグそれぞれに大きさと重量があり、切れ目を入れなければうまく口に収まらない。また、底のご飯と具材とが混ざり合っていないため、口の中に入れた時にばらつき、咀嚼に時間がとられる。結果、下から上へ、満遍なくとまではいかないけれど、底をひっくり返すように、ハンバーグのタレが全体に絡むよう手早くかき混ぜることになる。肉やチーズ、卵の油分と粘性のあるタレが米粒を包み、スプーンに収まりやすい。しかしこれもまた続けるうち、手首に負荷がかかっていることに気づき、食べ方を変えた。全体を混ぜるのではなく、スプーンの裏をヘラのように使い、具材を上から丼の側面に押し付けるのだ。こうすることで卵の黄身は割れ、ハンバーグは切れ目を入れずとも潰れて分離し、下にあるご飯も一緒に押し潰される。途中でスタッフに頼んでカップにお湯を注いでもらい、それを潰した丼に少量垂らす。具材と米粒の密度が深まり、全体が平坦になるので、分量そのものが減ったような錯覚をも覚える。続けるうちに動作がこなれてきて、混ぜるというよりは練るようにスプーンに力を込めた。

「鉄仮面・水島、スピードが衰えませんね。お腹の調子はどうですか」

「ぺこぺこですね。あと五十杯くらいはいけるんじゃないんですか」

辰沢の質問に水島はやはり表情を崩すことなく鷹揚《おうよう》に答える。

「五十!!　五十ですよ！　皆さん聞きましたか？」

「間違えた、百はいける。だってこれ超軽いもん」

「百!!　いやあ、これはもう冗談抜きでスタッフ側との勝負にもなってきましたよ。スタッフの手際もどんどんよくなってるんですけどね、作る側《そば》から食べられちゃうから、調理場はパニックですよ。今、人員一人追加したみたいです。モンスター水島対策ですね。水島はとにかく食べるスピードが凄まじく速いんですよ。ここまで調理サイドが混乱したのって史上初なんじゃないかな。異例ですよ」

　疲れが出てくるのは終盤だ。実際には、疲れというよりも集中力が切れるせいだろう。どうしても前半の集中力を維持することができない。意識しないように努めても水島が気になってしまう。私は耐えられず、水島を見た。前屈みになって丼に顔を半分ほど埋め、犬のように中身をかきこんでいる。おかわりを求める時、首を少しだけ横に捻るのは彼女の癖だろう。基本的には余計な動きをしない。最小限の動きで、最大限の量を食べる。彼女と同じ食べ方をしたからといって私や他の選手が同じように速く食べられるとは限らない。私の場合、水島と同じ前傾姿勢をとると、胃が圧迫されて逆に塞がってしまう。水島の食べ方は、自分の身体を知り尽くした食べ方である気がした。

一旦集中力が切れると、気が散り、それによって狭まっていた視野がひらける。手元の料理から焦点がずれ、急に空間を認識し、カメラと自分との距離感や、テーブルの長さ、自分の席から見える会場の全体像のようなものを今さら把握する。食べ物を口に運ぶまでの手の動作、咀嚼する歯や顎、嚥下する喉にも麻酔が切れたように疲れや痛みを覚えた。食べる動作が徐々にもたつき始めたが、スピードを落とさぬよう神経を尖らせる。胃袋にはまだ余裕があり、食べたい気持ちはある。まだ食べられるとも思う。汗が垂れる。ときおり眩暈がするように景色が揺らぐ。残り時間十五分になった時、河沼が完全にペースを落とし、それを機に水島薫がトップに躍り出た。

私が遅いわけではないだろう。序盤は一杯あたりにかかる時間を計っていたが、途中から食べることに集中し、そこまで思考が及ばなくなっていた。椅子の上で身体を軽く揺らしながら丼をかきこみ、私は考えようとする。なぜ水島に追い越されたのか。なぜ追いつけないのか。そして追い越せないのか——。しかし私が考える間にも水島との差は徐々に大きく開いていく。残り時間十分になった時、急に焦りを抱いたのは彼女との間に開いた差ではなく、食べるスピードに消化の速度が追いつかなくなったためだ。胃に食べ物が停滞している感覚がある。ハンバーグの中のチーズが、ここにきて胃に負担をかけていた。過去の大会で、ここまで切迫したことはない。私は不安が表情に出ないよう、極めて落ち着いた表情を取り繕う。

私は自分の胃袋に視線を落とす。嘘でも空腹とは言えないほど、苦しい。胃は臨月の妊婦のように前に突き出し、背中も張り出している。喉から足先まで、全身に食べ物が詰まっているような激しい膨満感に、息をするのも苦しい。そして、苦しさ以上に日差しが気になる。眩しくて仕方がない。椅子を前に引いたり、少し横にずれても暑さは緩和されない。眩しい。私はスタッフの持ってきた冷却スプレーを首に噴射した。二の腕を伝う汗は、日焼け止めのせいか乳液のように白くとろみがある。途中から黒い墨のような液体が手元に落下したので何かと思えば目元のマスカラが汗と共に流れたのだった。

水島薫が突然、ペットボトルに入った水を頭から豪快にかぶった。黒々とした短髪が濡れ、シャツが瘦せこけた身体に張り付き、その輪郭を強調する。眼鏡のフレームから水をしたたらせながら水島薫は丼をかきこむ。

「……鉄仮面・水島、相変わらず豪快ですね〜。女性選手で頭から水をかぶる人、初めて見ましたよ！　これも彼女なりのパフォーマンスなんでしょうか。

えー、あと五分、残り五分で、ニュースターが誕生するかもしれません。視聴者の皆さん、チャンネルはこのままでお願いしますよ。スターの誕生に立ち会えるチャンスですからね！　なんせテレビで大会を観られるのは年一回しかないんですから。昨年優勝者は大食い界のプリンセス、クイーン一果です。一昨年も、一昨々年《さきおととし》もクイーン一果は優勝してますからね。四連覇なんですよ。この数年間、何度も彼女を打倒しようと大会の舞台に立った選手がいました。女性だけではないですよ。中西ゴードン、ハマ中、鎌井りあん、金田陸、男性からニューハーフ、外国人までバラエティに富んでいました。でも誰もクイーン一果には勝てなかった。不動のクイーンだったんです――」

　脇や背部の汗染みが気になって仕方なかった。伸びた白いチーズが、スプーンの上で固まっているのを見て、私は自分の手が止まっていることに気づく。数秒なのか、あるいは数分か。口だけが、食べ物を待ち受けて力なく開いていた。目の前にあるものが、なんだかわからない。潰れて原形を失った米粒とハンバーグと目玉焼きとチーズの塊から、鮮やかな色合いのパプリカの先端が角のように真上に向かって突き出ている。また、頭が真っ白になった。予選の時と感覚が違うのは、音が聞こえないことだ。辰沢の実況も、他の選手たちの咀嚼音も、積み重なる皿の音も――。静寂の中で、自分の息遣いだけが鼓膜を覆い、流れ出る汗の感触だけを皮膚がとらえていた。私は黙って目の前のものを見つめる。それは口の中に素早く入れるためだけに、顎の負担を軽減するためだけに潰された便宜的な食べ物の集合体だった。その平坦な塊をスプーンで突き、上に持ち上げた。湯気は立ち昇ってこない。ただねっとりとしたチーズの伸びた先に潰れた米粒や黄身や白身、ハンバーグの断片が絡みついている。液体と固体の中間程の柔らかな食べ物の沼にまたスプーンの先を沈めると、わずかに手が震えた。私はこれを食べられないと思った。馴染みのある食べ物の最初の形態と、自分が壊し歪に形を変えた丼、そのギャップに耐えられない。

一果ちゃん、と不意に呼びかけられ、私は顔を上げる。観客の声援が聞こえた。私を鼓舞しようと、一口食べるごとに激励の拍手を送ってくれるファンのエールは、途中からどこか挑発的になっていく。彼らは私に求めていた。私は応えなければいけないと思った。

「僕は彼女がデビューした当初から見てきましたけど、こんなに険しい表情は見たことありません。クイーン一果といえばいつも笑顔で美味しそうに食べる姿が印象的ですからね。どうですか一果ちゃん……この状況でも食リポする余裕はありそうですか？　……いや、もうマイクを向けてもコメントすらくれません。杉野一果をここまで追い詰めた水島薫。いったい何者なんでしょう。……おおっと、ここでクイーン一果が……パーカーを……脱いだ?!」

　私はゼッケンを脱ぎ、水島同様、頭から水をかぶると、パーカーのファスナーを下ろした。真っ白な胸元が日差しにさらされ、谷間を細く長い汗の筋が緩く流れていく。胸のすぐ下から大きく弧を描くように膨張した腹は、伸びた皮膚が張り詰め、表面には浮き出た血管が亀裂のようにはしる。前に一度、食べた直後の腹を亮介に見せた時、顔が引きつっていたのを思い出す。確かに異形である。私の場合、身長153㎝と小柄な分、腹が突出しただけで、全体のフォルムが一回り大きくなったような印象を与えるのだ。私は急に周囲の反応が恐くなり、スプーンを強く握りしめた。もう抵抗は感じない。留まった空気を食べることで前進させるように夢中で口に運ぶ。丼を思い切り傾けて中身をかきこむと、具材の一部が胸元に落下したが、拾い上げることができなかった。

「……水着でしょうか？　一瞬下着かと思いましたが、水着ですね。そして思いの外豊満なバスト……に勝るとも劣らないお腹。本来だったら胸に目が行くんでしょうけど、異次元サイズのお腹に視線を奪われてしまいます。これだけ膨れるんですからね……選手の方たちは皆そうなんでしょう。クイーン一果は小柄なので余計に目立つよね。上半身、ほぼ胃袋ですよ。結構さあ、服でカモフラージュされるもんなんだねえ……。

えー選手の皆さんスプーンを止めないでくださいね。まだ大会が終わったわけじゃありませんから。残り時間わずかです。この状況でもまったく周囲に関心を示さない水島薫。何が起こってもこの人だけは動揺しません。食べ続けます。……ここで、水島薫三十二皿目完食ー!!!　表情が少し苦しそうですね。しかしスピードは衰えません。そして大きなバストを揺らしながらクイーン一果が必死に食らいつく――。さあ、いよいよですよ――。水島と一果その差は四皿。今回は、非常に見ごたえのある大会でした。しかし水島にとっては、あくまで今大会は序章に過ぎません。ここから連覇の女王として大食い界の新時代を席巻する存在になるんじゃないかと――」

ゆっくりと、瞼を開ける。目の前には、画面越しに、トロフィーを手に佇む水島の姿がある。

「優勝の喜びを誰に伝えたいですか?」

辰沢が尋ね、私は水島薫のことだから、そんな質問に真面目に答えたりするはずないだろうと思う。そもそも優勝したからといって喜ぶわけでも感動するわけでもない。

「家で待っている息子ふたりに」

予想外に、水島薫は笑顔で即答する。司会者に真摯に応対しようと、彼の方に顔を傾け、骨ばった首の筋肉がその都度動く。テレビ放送された本選の水島薫を正面からまともに捉えると、実際に側で見ている時に比べさらに痩せているように見える。

「息子さん、番組を観てくれてますかね？」

「観てくれてると思います。今日も家を出る時、ママ、頑張ってね、と言われました」

「優勝賞金の使い道、もし決まっていれば教えてください」

「息子が靴を欲しいと言っていたので……普通の靴じゃなくて、歩くと踵がピカピカ光るやつ……あ、知ってます？　あれ、結構高いので、買うの躊躇《ちゅうちょ》してたんですけど、賞金もらったからそれで買ってあげようかなと」

放送後、水島薫の優勝の言葉は、ＳＮＳで瞬く間に拡散され、彼女は一躍時の人となった。

――鉄仮面からは想像できない人間味あふれる素顔

――仮面の下にのぞく優しい母の顔

彼女のギャップをメディアはこぞってとりあげる。

水島薫が自分の息子について言及したのも今回の優勝後のインタビューが初めてで、それまでの彼女は自分のプライベートについて決して明かさなかった。明かさなかったというより、聞かれなかったという方が正しいのかもしれない。世間の関心が水島薫に向けられ始めたのは今大会からだ。

亮介が録画していた本選の再生を一時停止し、リモコンを足元に放り投げた。

「こんなのおかしいだろ」

隣で珍しく語気を荒らげるので、身体が反射的に震える。亮介の言いたいことはわかる。しかし本選の映像はすでにテレビで放送されてしまったのだ。放送から数日が経つが、ネットではおよそ一時間の映像の中で私の水着姿だけが切り取られた画像がＳＮＳで出回っていた。私の水着姿に、顔だけ水島薫と差し替えた悪戯画像も多い。

「……仁科さんはプロデューサーだから。あの人がそのまま放送したのも、何か意味があるんだと思う」

「ほんとに一果のこと守りたかったら、あんな映像テレビで流すかな。もう一度撮り直したっていいわけなんだから。悪意があるとしか思えないんだけど。……自分の彼女が裸になるとかさあ……俺はちょっと耐えられない」

「裸じゃないよ。水着は着てるわけだから」

私が冷静に訂正すると、亮介はそれきり何かを考え込むように黙ってしまった。

水着姿になったその瞬間の感情を、私は亮介に説明できない。わかってもらえるとも思えない。あの時、混乱の渦中でどこか冷静な自分もいた。食べ進められない自分は無力で、だからこそ、大会を見てくれている人たちに何か別のやり方で応えたいと思った。自分が脱ぐことで、何か流れを変えられるのではないかという淡い期待もあったはずだ。料理に調味料をかけて味を変えたり身体を揺すったりすることで生まれる内側の変化ではなく、外に向けられたパフォーマンスのようなものが必要だった。水島が頭から水をかぶったのなら、私はそれを超えていかなければいけなかった。あれは、私にしかできないことだった。結果的に私は負けたのだ。水着になった時点で既に水島との間には大きな差が開いていた。ならなくても私は負けていただろう。

私は足元に転がったリモコンを手にとり、大会の映像を再生した。テレビで放送された映像は、私の出演シーンや、司会者の辰沢が私について言及していた部分が大幅にカットされている。これまでの大会では、何気ない表情や仕草、発言までカメラに抜かれ、自分が意識していない部分まで使われていることが多かったので、最初に観た時は驚いた。今回の本選は意識して口数を減らしていたが、開始直後の笑顔の食リポ、辰沢との短いやり取りから、模索しながらも懸命に食べる姿まで、何もかもが映像にはない。見逃してしまったのではないかと思い、一時停止したり、巻き戻したりしてみたが、やはり私の箇所は極端に削られ、最後に水着姿になるまでは影が薄い。代わりに、水島薫の露出が多い。彼女が優勝した二次予選では、まだ私にスポットが当てられていたが、本選では水島薫に焦点を当てているのがわかる。編集のせいか、彼女は私が思っていたよりもずっとよく喋っているように見えたし、番組内でクローズアップされ、真王そのものが水島薫の独壇場と化していた。

終盤、服を脱ぎ、水着姿で食べるのを再開した私に急にスポットライトが当たる。極力顔から胸までのアングルに留めていたが、やはり構成上、肥大化した腹部が映り込む瞬間がある。肌の白さが膨張具合をより強調していて、ビジュアルを映像として客観的に捉えると、興味を煽られるというより、正視できない痛々しさを感じた。露出が多いのは確かでも、いやらしさより気味の悪さの方が勝る。冷静に考えてみれば、それだけ食べているのだから当然だ。笑ってネタにするには憚《はばか》られるような歪な体形を前に、パフォーマンスどころか自分の異形を世間に晒しただけだと知った。

「一果もさあ、どうして急に脱いだりしたの？　何で？　どんな意図があったの？　一果はさ、少し競争心にかけるんじゃないかな？　ほんとに勝ちたいって気持ちある？」

亮介の非難の質問攻めに、息が詰まり、何も言わずに部屋を出る。トイレにこもって、スマホをいじりながら、本選の収録後に交わした仁科との会話をぼんやり思い出す。

「やってくれちゃったねえ……。まいったよ。一果、どうしたの？　負けると思ったらおかしくなった？　あの状況で脱ぐのはないでしょう。はっきり言ってエグいよ。あれだけ食べた後の体形なんて、見れたもんじゃないよ。あんなの晒すのタブーでしょ」

私の勝手な行動に、仁科は、怒るというよりあきれた様子だった。

「すみません……。撮り直しした方がいいですよね？」

「いやいや撮り直してる時間なんかないよ。勝負は勝負だし。編集でどうにかするよ。というか、どうにかするしかないでしょ」

「私、次大会も出場できますか？」

「そんなの今すぐどうこう言えないよ。視聴者があれ観てどう思うかもわからないしね。とりあえずちょっと頭冷やしたら。……まあ今後出場するとしたら方向性変えていくしかないわな」

「方向性って……？」

「これまでの控えめで可愛くて清楚なイメージでやっていくのはもう無理でしょ。今まで通りは通用しない。大食いとのギャップって意味でもそれだけだと弱いよ。負けたんだから。真王の王者は水島薫。彼女は数字的にも今までの一果の記録を塗り替えた。これからはさあ、素のままテレビに映るのは厳しいかもね。年だってそれほど若くないし、ここらで自分の売り出し方考えないと。強くない、面白くもない、そんな選手に需要ないのよ」

ツイッターを開き、＃大食いクイーン一果と検索をかけ、視聴者の反応を見る。

流したり、飛ばし読みしたりしながら深く考えずに言葉の羅列を目で追い、下へ下へと投稿をスクロールさせていく。

——腹もすごいけど乳もデカいw　元グラドルだけあるなあ。

——吐きダコあるじゃん、歯もぼろぼろ。過食嘔吐確定。

——爆食クイーンとか言われてるけど、ただの露出狂かよ。胸も顔も作り物なんじゃね？

——大食いの人って、こんなにお腹出るもんなの？　ちょっと異常な感じ。

——底無しの胃袋とか言われてるけど、やっぱちゃんと限界あるんだね。きびしい世界だ……。

水着姿が話題を呼び、これまで真王を視聴していなかった人々まで、興味本位でネットに上がっている本選の動画を視聴し、ＳＮＳに感想を上げていた。様々に推察され、憶測で物事を断定される。元グラドルの情報はいつの間にか流出し、右手の甲の拡大画像がアップされてはありもしない吐きダコの検証が一般人によってなされる。実際、手の甲にタコはないし、歯も綺麗に揃っている。

水着姿を見せることに、まったく狙いがなかったというと嘘になる。パフォーマンスの意図とは別に、自分の状態を、外に向かって知らしめたいという底意があった。自分の膨れた腹を、その瞬間のリアルな苦しさ、過酷さを、カメラの前で明示したいと思った。限界などなく易々と口に運び続ける姿がプロであり、私の強みであるなら、世間が抱く幻想を打ち破りたかった。実態を曝け出すことで負けてしまいそうな自分に対する失望から逃れようとしたのだ。しかし、フードファイターとしての姿勢に一貫性があり、破綻がなかったからこそ、異次元の胃袋を持つ超人的な存在でいられたのだと気づく。周囲が食べる手を止め、苦しい表情を見せても、私だけは涼しい顔をして笑顔を絶やさずに食べ続けるからこそ、その構図が面白かったのだ。隙を見せてはいけなかった。外に同情も理解も共感も承認も、求めてはいけなかった。

亮介が関西出張で家を空けている間、私は再びトレーニングに励んだ。スーパーのアルバイトは、二日前に辞めた。本選の前からほとんどシフトには入っていなかったが、これまで以上にトレーニングに専念し、腰を据えて大会に臨みたかった。次回もし出場メンバーから外されても、胃袋をさらに強化しておけば、いつでも真王の舞台に戻れるはずだ。

大鍋にカレーを温めながら、途中でひとつの鍋に収まらないことに気づき、もう一つ鍋を棚の奥から引っ張り出す。中身は、市販のレトルトカレーだ。先日、トレーニングのためにネットで五十パックほどまとめ買いをした。温めたカレーの中に、分厚くカットしたジャガイモや人参を投入し、ほとんど煮込まずに火を止める。目に染みるほどの大量のスパイスをふりかけ、鍋ごとテーブルにのせ、これまた固めに炊いた米とともに勢いよくかきこむ。人参もジャガイモも芯があったがほとんど嚙まずに喉に送り込む。最初、咽頭反射でえずき、分厚いジャガイモが口から飛び出たが、辛抱強くまた送り込む。固形物の角が柔らかい粘膜に引っかかっては停滞し、食道を削るようにじわじわと落下する。しかしカレーの水分で強引に押し込める。しばらく繰り返すうち、痛みはあるのだが、あまり違和感なく野菜が通り抜けていく瞬間があることに気が付く。その瞬間だけ喉が開き、狭い気道に少しだけゆとりが生まれるのだ。喉が開くのは、余計な力が入っていない時だ。飲み込む前にそのものの硬さや大きさをある程度頭で予測して、あるいは目で見て捉え、待ち構えてしまうから喉に力が入り、萎縮してしまう。口の中に詰め込んだものを吐き出さないように筋肉が働くことも原因だろう。力を抜くために、私は食べ物があまり視界に入らないように意識した。自分の身体に入るものへの恐怖や抵抗をなくし、ただ内側にある空洞に、細い管を使って流していく作業だと思えばいい。

そう考える私の目にはカレーのスパイスが染み、熱さで舌は疼き、顔面からは止めようもないほど大量の汗が噴き出して鍋の中に滴る。目をつむったまま、カレーを喉の奥へ送り込み続ける。全身が発汗していた。

＊

――大会で必要なのは冷静さですかね。出場した人はわかると思うけど、あの場って、結構緊張するんです。緊張すると同時に、テンションが上がってかなりハイな状態になる。それをどう落ち着かせて、自分で自分をコントロールして、いかに本来の実力を発揮できるかが鍵かな……。後は、私の場合、本当にきつくてどうしようもなくなったら、息子たちの顔を思い浮かべて乗り越えるようにしています。

私は時間があくと水島薫についてスマホで検索をかけるようになった。水島の人気は跳ね上がり、一時ツイッターのトレンドには「鉄仮面・水島」が上がった。これまでは批判的かつ攻撃的な投稿が多かったが、優勝後に見せた笑顔と取材がきっかけで好意的なコメントが増えた。

——母は強し。

——よく見たら食べてるところハムスターみたいでかわいい。

——この人の笑ってる顔初めて見た。試合中とギャップあるなあ。

しかし、注目度が上がったとはいえ、もともと露出は少なく、本選優勝後は様々な媒体から取材がきているであろうことは推測できたが、あまり表に出てくる気配はない。それでも、過去のわずかな記事を読みあさったり、大会の映像を観直しては、自分なりに彼女の分析を試みた。

二次予選がひと月後に迫ったある日、莉子から連絡があった。

「真王の一次予選で優勝したよ～」

急に送られてきた莉子からのラインの文面を、私は何度も見返した。最初、何を言っているのかわからなかった。確かに私は莉子の連絡先を仁科に教えたが、その後仁科が莉子に連絡をとったとは知らなかったし、双方からそんな連絡も受けていない。サークルのグループラインでは何気ない会話がなされ、私が水島に敗れた本選の放送後、激励のメッセージは届いていたが、莉子は大会について何も言及していなかったはずだ。次大会の真王にまさか莉子がエントリーしているとは思いもよらなかった。

「どういうこと？　話が飛躍しすぎてて全然わからないよ」

「ごめんごめん。バタバタしてて連絡が遅くなっちゃって。一次予選には出たけど、まさかほんとに優勝できちゃうとは思わなかったんだよ。一果と競うことになるとはねぇ。でもありがとうね。プロデューサーさん紹介してくれて。お礼だけ言っておきたくって」

事のいきさつを尋ねると、莉子の方から食事に誘ってきた。

「話すからさ、ご飯でも食べに行く？　あたしも一果と話したいしね。よく考えてみたら、ふたりっきりで食事したことないよね、あたしたち」

莉子が食事に指定してきたのは都内の高級ホテルビュッフェで、学生の時に美食サークルの皆で数回訪れた場所だ。テーブルが等間隔に並ぶフロアは広々としていて眺めも良い。料理は和洋折衷様々なジャンルがビュッフェ形式で並び、四つほど設置された簡易的なキッチンカウンターの前ではシェフがその場で調理を披露し客に提供するライブ感のある食事を楽しめる。ここ数カ月間はトレーニング漬けで食事らしい食事をとっていなかったので、久しぶりに羽を伸ばせそうだった。

「一次予選でも優勝すれば賞金って入るんだねー、びっくりした」

ウエイターに案内された席に着くなり、莉子はドリンクメニューを開き、慌ただしく話し始める。「いきなり優勝だなんてビックリした。私だって、初めて一次予選に出た時は、四位だったんだよ。慣れない現場であんな風に食べられるのは凄いよ」

既に一次予選の様子がネット配信された後で、私も三回ほど繰り返し動画を観ており、いまだに興奮が冷めない。一次予選のメニューはオムライスで、一見食べやすくシンプルに見えるが、半熟卵の中に詰まったチキンライスの中心には巨大なカニクリームコロッケが仕込まれており、選手たちはかなり苦戦していた。本選のメニューには食べにくいものが仕込まれていることが多い。けれど本選出場者は予選を通過した実力者ばかりで、一次予選は素人の集まりなのだ。そもそも一次予選というのは書類審査を通過しただけのメンバーのまだ見ぬ可能性を引き出す場で、可能性を潰す場ではない。比較的食べやすく、一皿の分量を少なくすることで、短時間で完食できるよう見積もられているはずだ。そのため、食べた分量が皿の数に反映されやすく、達成感を得やすい。わざわざヘビーなものを仕込んで出場者のやる気を削《そ》ぐ理由がわからなかった。

莉子に合わせて一杯千円以上するドリンクを頼んでから、私たちはそれぞれ分かれて好きな料理を皿に盛って席に戻る。

サラダに寿司にローストビーフ、小エビのアヒージョ、季節野菜のフリット、魚介のアクアパッツァ、アンチョビポテト、合鴨スモーク、海鮮焼売――。統一性のない料理をうずたかく、縁ぎりぎりまで隙間なく盛り付けた二皿に交互にフォークをつけながら、私は莉子と会話を再開する。

「私、本選の前に仁科さんと会う機会があったから、莉子のこと、一応伝えておいたのね。そこまで深くは言ってないけど、アイドルやってるってことは話したし、食べるのが得意ってことも伝えておいた。その後で仁科さんから莉子に連絡がいったってことだよね？」

「そうそう。あたしもあんまり期待してなかったんだけどね。連絡が来て、一回外でお茶したの。その時は、あんまり好意的な感じじゃなかった。いや、好意的じゃないっていうよりも、単純に反応薄かっただけかな。とにかくあたしにあんまり興味がない感じがしたの。それでも、こういう番組に出たことありますってアピールはして、テレビに出たいっていう意向は伝えた。そしたらテレビの世界はそんなに甘くないとか説教ぽいこと言い始めるからこっちも興醒めしちゃって――」

ふかひれあんかけラーメンをずるずると豪快に啜り上げ、ナプキンで口元を拭ってから、莉子は休む間もなくストローで山ぶどうジュースを口いっぱいに含む。私は彼女が飲み下すのを待ってから、パスタをフォークに巻きつける手を止めて先を促す。

「それで？　どうしてそこから大会出場って話になったの？」

「一果の本選が終わってすぐくらいかなあ、また仁科さんから連絡あって、次の真王で、一次予選に出ないかって言われたの。急な話でびっくりしたけど、でも真王みたいな大きな番組にネット配信だけとはいえ出られるなんて、こんなチャンスないからさあ。とりあえずよくわからないままに出て……結果優勝？　みたいな」

「莉子、すごいよ。あのメニュー、正直私でも結構きついと思うもん。きつくなかったの？」

「あんまりよく覚えてないけど、きつかったとは思う……」

莉子はそこで早々にスイーツをとりに一旦席を立ち、ものの数分で戻ってくると、しばらく無言のまま食べ進める。

「このピスタチオのエクレア、めちゃくちゃ美味しい。ぶっちゃけ、あたしちゃんとした料理より、こういう甘い物の方が得意なんだよね。甘党だから……てかさあ、なんか言わないでいるのも疲れるから一果には言うけどさ、ここだけの話ね、あの一次予選、あたしのオムライスだけ特別仕様なんだよ」

「……？」

「あたしのだけ、オムライスの中身、ほぼ空洞なの」

「空洞?」

「うん。あ、でも最初の一皿目だけはみんなと同じもので、ちゃんと食べてる姿映してもらって怪しまれないようにしてあるんだけどね。まあ詳しいことは言うなって言われてるから言えないんだけどさ、二皿目以降はね。ああ、空洞っていうのは言い過ぎた。冗談。一応少なめの分量でチキンライスは入ってるの。勿論だけど、あの巨大なクリームコロッケは入ってないよ。カメラに映るのは表面だけだから、動画で観ても全然わかんなかったでしょ?」

「それって——」

莉子は私に言葉を挟む余地を与えない。

「でもね、食べてるように見せるっていうのも、案外大変なんだよ? 周囲の食べるスピード見ながら、怪しまれない程度に速く食べるの。あたしの演技力が試される時だって思ってさ、もう女優魂ががんがん燃えたよね」

チョコレートを口の周りにべったりとつけ、莉子が笑う。私は返す言葉に迷い、小さく息を吐いた。真王の歴史上、そんな裏工作が行われた回が果たしてあっただろうか。

「それは、仁科さんの指示？」

「そうそう。敏腕プロデューサーっていうけど、意外と考えること陳腐だなあって最初笑っちゃった。原始的っていうか。だって、もしそれでもお腹が膨れたら食べなくていいから足元のバケツに中身捨てろって言うんだよ？　わざわざそんなことやるの面倒なんだけど、あたしも本選まで出たいんだよね」

「莉子は何で……。何でそんなやり方のんだの？　テレビに出るきっかけが欲しいのはわかるけど、不正じゃん。不正までして真王に出る必要ある？　……みんな必死なの。勝つために、少しでも多く食べるために、切実なんだよ。……あの場では、打算とか通用しない。必死だから、本気だから、食べる行為に命がけだから、だから面白いの。だから真王は面白い番組なんだよ。視聴者は、この人たち、何でこんなに必死に食べてるんだろ、何でこんなに食べることを頑張るんだろうって、テレビの前で半ばあきれながら鑑賞してる。応援しててもどこか冷めた視点で私たちの大食いを見てる。その温度差が面白いのに。その温度差が正しい真王のあり方なのに。冷めた一般人の視点が、選手たちの中に紛れてたら、真王が成立しなくなる」

「一果、何熱くなってんの。そもそもさあ、正しさって何。たとえ、不正があったとしても番組が面白ければそれでよくない？　世間がこだわるのって、正しいか正しくないかじゃないじゃない。いつだって結果でしょ。結果がすべて。結果さえ残せば、その過程がどうかなんて大した問題じゃない」

私は水を一口飲み、気持ちを落ち着かせる。心拍数が上がっていた。

「……莉子は、本選まで出るつもりなの？」

「もちろんだよ。むしろ本選に出るために予選出てる感じ。本選ってテレビで放送されるし、毎回視聴率もいいじゃん。ここで顔売っとけば、芸能関係のオファーたくさん来るんじゃないかって思うんだよね。あ、でも本選のメニューはまだわからないし、どの程度の量かも予測できないけど、量減らされたところでプロ集団の混ざった二次予選で勝てるはずないから安心して。せいぜい三位くらいがちょうどいいかもね。三位までってわりと目立つし、本選にも進めるから。そういえばこの前の一果の水着、あれも目立つためにやったんでしょ？　一果、意外とあざといなあ。今後はそっちの路線で売ってくの？」

莉子は話し続け、私はもう相槌すら打たずに黙って俯いた。莉子は私の態度を怒っていると解釈したのか口をつぐみ、新しいスイーツを取りに再び席を立った。

仁科の一言に、私は箸を持つ手を止めて彼を見た。

「路線変更？」

「そう、路線変更」

一旦スンドゥブの汁に箸先を潜らせてから、色鮮やかなチャプチェを、そうめんのように音を立てて啜る。私は黙って仁科の食べる様子を眺めていたが、やがて自分もビビンバの上の半熟卵をスプーンで割り、具材と白米とともにぐちゃぐちゃに混ぜ込み口に入れた。数日前に急に仁科から電話で呼び出されたのだ。飯を食おう、と。私の二次予選の出場が確定したらしい。仁科は最後に顔を合わせた時と打って変わって穏やかな口調で、水着の件は今回は水に流すと、上機嫌で話した。

「これまで一果は、まあ、外見通りのイメージで大会に出てただろう？　可愛くて清楚なのに胃袋は人一倍でかい。そのギャップがよかった。でもこの前の本選で水着姿晒して、世間のイメージは大分変わったよ。あれがきっかけで、一果がグラドルしてた時の写真も流出したみたいでさ。今は広まるの速いよなあ。ほんとに。まあ、とにかくさ、せっかく脱いだなら、脱いだことが活きるように、『見せ方』を変えようって話」

テーブルの下で仁科の膝が私の膝に当たる。故意なのか、離れると、また近づいてきてぶつかった。

「どう変えていくんですか？　私、あんまり大胆なことは――」

「いやいやいや。あれ以上大胆なことなんてないでしょ。とにかくさあ、自分はそれくらい過激なことをする、あるいはできる人間なんですよって演出だよ演出。その方が面白いだろ？　一度ついた印象は簡単には払拭できないし、何より今は水島フィーバーが起きてる。ここで一果がほんの少し自分の色を出せば、また世間の注目を集められるきっかけになるかもしれない。要は意識的に個性を出していくってことだよ。わかるだろう？」

「でも、どうすれば――。個性って言われても」

真王の敗戦によって、自分の無能さが顕在化してしまったように思った。これまではただ食べているだけで注目されたが、今はそれだけでは足りない。大食い＋α《アルファ》がなければ、私はいずれ大会に出場できなくなるだろう。

「どうすればいいのかは自分で考えるしかないよ。俺は指摘したりアドバイスを送ったりすることはできても、指図したり命令することはできないから。ひとつ言えるのはあれだな――。似たようなキャラクターはふたりもいらないってことだよ。

莉子が一次予選で優勝したのは知ってるだろ？　二次予選でもおそらく彼女は目立つと思うんだよ。一般的な認知度は低いけどファンも多いみたいだしね。莉子とこれまでの一果はちょっとキャラが被ってるんだよな。年は近いし、おまけに雰囲気や背格好までよく似てる。

　たとえばさ、これはたとえばの話だけど、俺は、子供みたいに振舞える大人って重宝されると思うんだ。大人が子供として振舞える場所はエンターテインメントの世界だけだよ。ぶっ飛んでいることが唯一許される安全な世界。常識なんて踏み倒していく方が面白い。もしも何かやるとしたら、水島に対して仕掛けるのが面白いかもなあ。一果は水島に王者の座を奪われたわけだろ？　四年間、誰にも奪われなかった真王の称号を、地味なババアに横取りされたんだよ。くやしい。水島を憎んでる。水島を恨んでる。……たとえばさ、この水をぶっかけたっていい」

　仁科が手元のグラスを持ち上げる。中の水が揺れ、私はそれが水島にかかるところを想像して激しい胸騒ぎを覚えた。

「……二次予選では、小籠包を用意するつもりでいる。おまえのためだよ。投げやすい食い物の方がいいだろう？　俺はね、番組に新しい波が欲しい。ただ勝った負けたの繰り返しじゃ、番組は持たない。世間に飽きられないようにするためにも、ある程度の演出は必要なんだよ」

仁科の考えを、あまりに安直すぎやしないかと思った。そもそも、私は水島薫を憎んでいるのだろうか。恨んでいるのだろうか。意識はしていても、私は彼女を憎むほど、彼女のことをよく知らない。

二次予選の結果は三位だった。結果を、私は心のどこかでわかっていたような気がした。負け惜しみではない。もっと冷静で、もっと乾いていた。本選での敗戦が尾を引き、心なしか不安があった上に莉子の不正や仁科からの提案が重なり、混乱していたのかもしれない。

メニューである小籠包は、皮の内部に熱くたぎるような肉汁を内包しており、箸で刺すと穴から汁が弾ける。冷まさずにそのまま口に含むと肉汁が容赦なく喉をやく。ラーメンやカレーの早食いで熱さには慣れていたつもりだったが、口の中に入れた小籠包の熱さは想像以上だった。しかしあらかじめ小籠包の皮に穴を開け、中の汁だけ先に吸い出すと速く食べられることに気づくと、そこからペースを上げていった。

収録の最中、何度も仁科の言葉が頭をよぎった。私の席は水島の隣だったので、やろうと思えば何だってできる状態にあった。水をかけてもいいし、小籠包を投げつけたっていい。一度、素手で小籠包を掴み、その先をリアルに想像もした。それは熱く、水島の顔に当たれば彼女は火傷を負うかもしれない。跳ね返ってきた汁を浴びて、私も火傷を負うかもしれない。しかし、仁科の期待しているような展開にはならないはずだ。安易な攻撃に水島は怯まないだろうし、応戦することもないだろう。食べ物は道具にはならない。番組は盛り上がらない。あの人が期待するように、私たちは動かない。動けないのだ。これは競技で、食べる量と速さを競う競技で、地面に落ちて汚れた食べ物も拾って食べるほどの気概を見せるのがプロだ。誰よりも多く食べることを目標にしながら、同時に食べ物に対して常に畏怖の念を抱き、食べる行為に臆するのが大食いだ。罪悪感がある。けれど罪悪感を快楽に転じられるから大食いを続けている。

莉子はその場にいる誰よりも顔を歪め「熱い熱い」と連呼し、小さな口をすぼめて小籠包に息を吹きかける。私は彼女の分にだけ施されているであろう仕掛けに、意識を向けないよう努めた。あるいは、私を含めた他の選手と同様に彼女のそれも熱く、食べ進めるのが難でであると考えようとした。そう考えなければ、必死になって穴から肉汁を吸い出し、熱さに怯みながらも平気な顔を保ち食べ進める自分が馬鹿らしく思える。卑屈になりたくはなかった。莉子は素人だ。素人に対して気後れするのも嫌だった。

「さすがは鉄仮面・水島。小籠包丸飲みしてますねー。熱くないのかな。ほんとにこの人はどんな料理が出てきても怯まないんだよね。りこりこはお口が小さいから火傷しないようにね。小籠包の味はどうですか?」

普段私に振られるはずの食リポは、莉子に回される。当然自分に振られるはずだろうと、あらかじめ用意していたコメントは宙に浮く。

「さっきちょっとだけ舌、火傷しちゃいましたぁ。皮ももっちもちで美味しいんですけど、この中の肉汁がジューシーでたまらないですね。水筒に入れて持ち歩きたいくらいです」

「今日みたいな寒い日に温まりそうだよね。りこりこのために肉汁入りの水筒、用意しておきます。……ところで、りこりこは一果ちゃんと同い年なんでしょう?大学も同じって本当?」

「大学どころかサークルも同じなんですよ。美食サークルっていう」

「美食サークル⁉ へえー。その二人が同じ大会の舞台に立つってなんか運命的なものを感じるね。一果ちゃん、新人のりこりこに何かエールある? アドバイスとか」

コメントを要求され、すぐには反応できなかった。小籠包を食べながら、莉子の足元のバケツが視界に入る。中には湯気の立つ白い塊がいくつも積み重なっている。私は下唇を強く噛んだ。何も喋らなくていいように、力を込めて噛んだ。

「一果ちゃん……？」

辰沢が私の口元に向けていたマイクをいっそう近づける。私は反射的に右手でマイクを払いのけた。

マイクが地面に落ち、辰沢が咄嗟に拾いにいく。その一連の流れが、いつか見た水島の姿と重なり景色が歪んだ。

「……ごめんなさい!!」

慌てて立ち上がり謝ると、拾い上げたマイクを手に辰沢はわずかに後退した。私がマイクを払いのけたことよりも、声の大きさに驚いたようだ。

「今ね、おかわりを頼もうと思って手を上げたんです。そしたらぶつかっちゃって──」

「大丈夫ですよ。でも一果ちゃん、まだ小籠包残ってるじゃない。焦りすぎ焦りすぎ。おかわりは全部食べ終えてから頼んでくださいねー」

「すみません」と頭を下げる自分の声は震えている。声だけではなく、身体の震えも止まらなかった。着席し、私はまた莉子の足元のバケツに視線を向ける。皮同士が隙間なく密着し、団子状に一体となった白いブロックが、食べ進める私を非難しているようだった。それでも私は食べた。食べ続けた。これが自分が出演し続けてきた真王の収録現場だとは信じられなかった。悪夢を見ているようだった。

水島はトップのままラストまで突き進み、彼女との差を縮められずにそれでも次位で後を追いかけ続けた私は、ラスト十分で三位だった莉子に追い抜かれ、形勢逆転となった。結果は三位と振るわず、それでも本選出場の権利だけは獲得できた。バケツの中に堆積した小籠包の層は大きく重量が感じられる。収録後、二位通過を喜ぶ莉子の隣で、私は屈んでそれの表面に触れた。死体のように重く、冷たい。水分を失い硬くなり始めた皮が指先に張り付いて、指を持ち上げると音もなく剥がれる。私はそれをスタッフが用意してくれたタッパーにすべて詰め込んで、自宅に持ち帰って残らず食べた。

二次予選放送後の翌朝、亮介は早起きして手作りの小籠包を作り、寝起きの私に振舞った。

「餃子の皮で作ったんだよ」

私は亮介の眠った深夜にトレーニングをしており、眠ったのは朝方だった。まだ胃袋は消化の途中にある。顔も洗わず、髪についた寝癖を撫でつけながら、私はぼんやりと皿に盛られた小籠包を見下ろす。

「どうしていつも大会の後に同じメニューを作るの？」

「一果に元気になってほしいからだよ。後は、負けた理由を探るための復習の意味も込めて」

以前からうすうす気づいていたが、亮介はズレている。

「そんな復習いらないよ。復習してどうするの」

「一果が頑張ってるから、すごく頑張ってるから、どうしたらもっと早く、もっとたくさん食べられるか、一緒に研究した方がいいと思って。一緒に頑張って、水島薫を倒そう」

気が付くと、小籠包を亮介の顔に投げつけていた。亮介が声をあげて頬を押さえ、小さく居竦《いすく》まる。私は亮介を心配するより先に、ぶつけてフローリングに落ちた小籠包を拾い上げて食べた。顔をあげると、亮介は頬を押さえたまま、まだ何か言おうと唇を動かす。もう何も聞きたくなかった。皿に盛られた小籠包を摑み、亮介の開いた口に強引に押し込む。亮介が喉を詰まらせ、小籠包を吐き出す。熱い肉汁が私の頬や腕やパジャマの胸元にも飛び散った。

「ごめん」

立ち竦み、掠れた声で私は謝る。亮介の手が頭の後ろに添えられ、身体が抱き寄せられる。彼の胸は温かくて、私の手は震えていた。

本選の二週間ほど前から、朝思うように起きられなくなった。全身が重たく、仕方なく昼過ぎまで眠り、目覚めてからもしばらくは倦怠感が続く。何もかもが気だるく、日常的な活動がままならない。思い当たる節はあった。亮介の干渉がうっとうしく、平日は彼が眠った深夜からトレーニングに打ち込み、用意する食事の量も増やしていたので、それが要因になっているのかもしれない。あるいは、体質の変化だろうか。日中も、休みなく食べ物を口に運び、胃袋を動かし続けていた。常に何かを入れていないと胃が収縮していくような不安があった。

収録の三日前、夕方になっても強い倦怠感から起き上がることができず、亮介が声をかけてきた。

「一果、最近体調悪いんじゃない？　大丈夫？」

私は枕に顔を埋めたまま、顔を上げなかった。亮介はなおも続ける。

「真王に出るの、この本選で最後にしたらどうかな？」

「何言ってるの。私は大丈夫だから」

枕から顔を上げ、はねつけるように言った。

「俺は、ただ、身体を心配して――」

亮介は少し怯えたような表情で視線を彷徨《さまよ》わせ、言い淀む。

「大丈夫。私の身体は私が一番よく知ってる。これまでも大丈夫だったし、これからも大丈夫」

「でも限界はあるだろ。誰にだって」

「亮介みたいな普通の人間にはあるよ。でも私にはないの。時間さえあれば、本番で時間に余裕さえあれば、私はもっと食べられる。あんなもんじゃない。スピードさえあがれば――。……信じてよ！　私のこと好きなら、もっと信じてよ‼　心配するんじゃなくて応援してよ……」

身体を起こし、亮介の二の腕をシャツの上から摑んで激しく揺する。乱れた前髪の隙間から、項垂《うなだ》れる亮介の顔を認めて、腕から手を離した。摑んでよれた部分のシャツを整え、そのまま這うようにして洗面所に向かう。胃袋が空腹を知らせる音が虚しいほど強く響いた。

あれほど望んでいた本選の出場を、莉子は収録直前になって辞退した。オーディションなしで映画で役をもらったらしく、その顔合わせと真王の収録日が重なっていたため、映画を優先するということだった。仁科は怒っていたが、二次予選での莉子の不正が他の選手にもばれて信用を失い、本選に出場予定だった七人のうち、もう一人が出場を蹴った。仁科の自由奔放なやり方にはもとから難色を示していた選手も多く、大食いをしたいから真王に出るのではなく、真王のために大食いをし、番組にとって都合のいい駒として使われることに嫌気がさしたようだ。

結局、急遽《きゅうきょ》代理で二人選手が加わり、計七人での対決となった。一人は前回本選でも一緒だった相沢ゆず季で、今日の彼女はタカラジェンヌの卒業式をイメージした袴姿で、長い袖を袴の紐に通していた。もう一人は久しぶりの大会出場となる

「ハンター須藤《すどう》」こと須藤有沙《ありさ》だ。須藤は、獲物を捕らえるように食べ物を追いかける執拗な眼差しがハンターに似ていることからこのニックネームがついた。貧困キャラを売りに活躍しており、過去の放送では、幼い頃に蝉やコオロギなどの昆虫を食べて空腹を凌《しの》いでいたと自慢気に語っていた姿を思い出す。変わったのは選手だけではない。これまで数十年間にわたって真王の実況をしてきた辰沢の姿もない。代わりにテレビで何度か見たことのある若手アナウンサーが張りのある声で抑揚のない実況を始める。

「さあ、死闘の限界チャレンジの幕開けです！」

私は邪魔になるからと直前まで羽織っていた上着を脱ぎ、セーターの両腕を捲って気合いを入れる。本選のメニューは豚骨ラーメンで、具材はメンマ、チャーシュー、紅生姜、アオサだけ。対決メニューがラーメンの場合、スープは飲み干さなくてもよいことになっている。制限時間は一時間。私は用意された蓮華《れんげ》をつかわず、豚骨の脂が浮くスープの表面に箸を沈める。底の方から麵をスープに馴染ませるように箸で束ねて大量にすくい上げ、空気中で瞬間的に冷ます。口を開け、そのまま勢いよく吸い上げる。麺の裾が扇状に広がり、白濁したスープが手や顎、テーブルにまで飛び散る。およそ三口ほどで具と麺をすべて食べ切ると、スープの入った丼を横にずらした。どろりとしたゲル状の脂が喉に膜を張る。背後からサッと腕が伸びてきて、丼の中身を網杓子で掬う。具が残っていないか確認するためだ。わずかな停滞に苛立ちながら、

「おかわりください」

声をあげると思わずゲップが漏れ、ごまかすように咳払いする。本選の舞台には、これまでの真王に流れていた臨場感はない。ただ、収録を無事に終えたいという祈りにも似た連帯感が場内に広がっていた。あざとい演出や時にプレッシャーを与える実況、選手のコメントまでそぎ落とされた効率的な収録は、真王の初期を思わせるシンプルで素朴な、元祖大食い番組という雰囲気が漂う。

私は序盤から水島とほぼ横並びで食べ進めた。真王の収録時は、それがどんな料

理であろうと、ペース配分を考えて食べるのが常だったが、水島への連敗からその考えがいかに蛇足かを悟った。彼女を前にすると、予測は通用せず、経験則からくる手法や駆け引きはむしろ仇《あだ》となる。実際の自分の胃袋の大きさを、深さを、底を、私は知らない。自分が本当のところどこまでいけるのか、私は知らない。水島に勝てば、私はそれを知ることができるかもしれない。

中盤になっても、私と水島との間に大きな差は生まれず、混戦状態は続いた。周囲に目を向けず、身なりにも構わず、一心不乱にラーメンを口に運び続けたが、徐々に呼吸が浅くなり、胃袋に強い圧迫感を覚えた。ラーメンの脂肪分は粘度が高く、胃の中で固まり澱《おり》のように滞留しやすい。椅子に尻を打ちつけるように数度上体を縦に揺らし、祈るように食べ物を落とす。やがてまた少し流れが進むと、今度は身体にこもったラーメンの熱で、頭がぼんやりとする。真夏に外気温の暑さによって発汗する感覚とは違う。もっと密閉感があり、一気に取り込んだ高温の熱が放出できずに身体の内部にこもる感覚だ。感度には、タイムラグがある。競技中は気分も高揚しているため熱さを感じないまま終了するケースもあるが、今日は序盤かなりスピードを出したためか、熱を感じやすい。私は氷を頼み、それを口に含んだ。熱が融解し、温度の目まぐるしい変化に、それだけで少し疲弊する。

ラーメンスープに浮かぶ豚の背脂が視界の中心で泳いでいた。光る脂に息があがる。また、余計な思考にとらわれそうになる。身体の奥から込み上げてくるものがあり、私は冷水を流し込んでそれを押し留める。

出口を求めるように、周囲に目を向ける。左隣のハンター須藤が啜る余力すらなくなったのか、大量の麵を口先から垂らしたまま、苦し気に瞬きを繰り返している。私は彼女の顔を横からのぞき込み、しばらくするとあからさまに凝視した。

須藤の順位は現在下から二番目で、このままの膠着状態が続けば、最下位の選手にも追い抜かれそうな勢いだ。眉間に皺を寄せ、口から垂れて汁に浸かっていた大量の麵を、須藤は片手で喉元を押さえ、前屈みになって啜りあげた。しかし、啜ったはいいものの、口をはち切れそうなほど膨らませたまましばらくの間停滞する。

丸い小鼻を横に膨張させ、肩で大きく息をしながら睫毛の先まで汗と涙で湿らせた彼女の横顔を見て、私はなぜか力が漲る。身体を斜めに傾け、ハンター須藤の表情を視界に収めながら麺を啜り、チャーシューを噛まずに飲み下す。やがて須藤は激しくむせ、口内に詰め込みすぎた麺を飲み込めずに半分ほど吐き出した。それでもすぐに気を取り直し、また大量の麺をすくって果敢に口元まで持っていく。今度は口を開けたまま動かなくなる。開いた口から涎の糸を垂らしながら、彼女の身体は微かに震えていた。箸を持つ指にも力が入らなくなり、やがて一本が指から抜け、スープの中に落下する。かろうじてもう一本に引っかかっていた麺を須藤は口に運び啜り上げた。

「おかわりください……！」

須藤の苦悶の表情を眺めながら、私の声には張りが生まれた。右手を高く持ち上げると同時に噴き出した汗が瞳に流れ込んで目の前が霞《かす》む。鼻水も垂れていることに気づき、顔全体にタオルを強く押し当て拭う。タオルの内側で涙が込み上げてきたので、噴き出す前に吸収させた。涙もまた汗と同様、感情を伴わないものだった。

麺をすくう。啜る。手を動かせば、連動して口が開く。食べるのを中断せずにすむ。一度でも手を止めれば、そこから前半のスピードに戻ることは極めて難しい。

さっきまで淡々と実況をしていた司会者が、端の選手から順にマイクを向け、コメントを要求する。水島は例によって応じず、須藤はダウン寸前で話せる余裕はない。誰もカメラを見ていなかった。ただ黙々と食べ物と対峙し、一杯でも多くの丼を重ねようと注力していた。

ラーメンを啜りながら、自分の番が回ってきた時の対応を頭の中で素早く考える。競技が始まってから、初めてカメラを意識していた。カメラの向こうに、多くの人の目がある。

「一果さん、美味しそうに食べますね。そして序盤からペースが落ちません。食べる速さを維持するコツはありますか?」

自分に向けられたマイクに、私は意気揚々と答える。

「コツは特にありません。ラーメンが美味しすぎて、勝手にどんどん箸が進んじゃいます！　……はい！　完食しましたぁー!!!」

丼を両手で持ち上げ、汁を飲み干してみせると、底部をカメラに向かって映し、歯を見せる。

「ラーメン大好き!!　豚骨ラーメンさいこぉぉぉ!!!!!!」

自分の声に煽られるように私の勢いは加速した。笑顔を作り、すくった麺を高々と持ち上げ、途中で噛み切ることなく一気に啜り上げる。固めの麺に濃厚でまろやかな背脂が絡む。紅生姜の酸味は程良いアクセントになっていて、肉の旨みが凝縮した白濁スープは永遠に飽きがこない。

終盤が近づくにつれ、膨張した胃袋によって臓器が背部に押し出され、強い便意を覚える。私は焦った。焦ったが、しかし、前に進もうとする。堪えるのではなく、生理現象そのものから意識を遠ざけようとした。

山場を越えたと感じたのは、胃袋に余裕が生まれたからではなかった。身体の訴えや脳の指令に忠実であろうとするから苦しさに支配される。私は内側の悲鳴に耳を塞ぎ、大食いを阻む思考や感傷から逃れ続けた。身体の抵抗にさらに抵抗するようにラーメンを取り込み、気がつけばその摩擦によって感度を失っていた。

司会者のアナウンスが耳に届いたが、食べるのをやめられなかった。名前を呼ばれた瞬間、手が震え、握っていた箸が足元に落下する。箸を拾おうとすると、「そのままでいいですよ。こちらにどうぞ」と司会者はスタッフが用意した簡易的な壇上へと私を誘導する。席を立ち、独特の浮遊感を覚えながら、一歩、また一歩と壇上に向かって進む。歩きながら、可笑《おか》しくて、うまく笑いたいのに表情にならない。力が入らないせいだと思った。顔の筋肉が思うように動かせない。うまく笑えないことが歯がゆくて、でもやはり可笑しくて、よろめきながら歩みを進め、途中、何かにぶつかった。ぶつかったことがまた可笑しくて、ふつふつと笑いが込み上げる。何か摑まるものが欲しかった。何とか壇上に上りきっても、重心が定まらずに不安定なまま、渡されたものを受け取り、しかしそれを握る指にも力が入らない。司会者が笑顔で口元にマイクを向けてくる。何かを話さなければいけないと思った。口を開くが、空気が漏れていくだけで、言葉にならない。マイクに焦点が合わず、手を伸ばして摑もうとする。前歯と固く無機質な機械の先端が当たり、鈍い音を立てる。そのわずかな衝撃で身体がよろめき、仰向けに倒れた。背中を強打し、背骨から胸部、腹部にまで流れるように痛みが広がる。悲鳴があがり、駆け寄ってくる人々の顔の中に、水島薫がいた。彼女の顔は霞み、表情は見えない。私はやはり何か話さなければいけないと思った。収録に常駐している医師が私の身体に触れる。私は緊張した。緊張して、身体に力を入れようと思うが入らない。緩みきった穴という穴からあらゆるものが流れて出ていく感覚がある。毛穴から汗があふれ、涙が、鼻水が、唾液がとめどなく流れ続ける。あきらめて垂れ流し続けたが、やがて下半身にも力がまったく入らないことに気づき、声をあげた。声を張り、この耐え難い生理現象に抗おうとしたその時、意識が途切れた。

初出　「文藝」二〇二一年春季号

装丁　山影麻奈
装画　ばったん

山下紘加（やました・ひろか）
一九九四年、東京都生まれ。
二〇一五年、『ドール』で第52回文藝賞を受賞しデビュー。著書に『クロス』がある。

エラー

二〇二一年五月二〇日　初版印刷
二〇二一年五月三〇日　初版発行

著者　山下紘加
発行者　小野寺優
発行所　株式会社河出書房新社
〒一五一-〇〇五一　東京都渋谷区千駄ヶ谷二-三二-二
電話　〇三-三四〇四-一二〇一（営業）
〇三-三四〇四-八六一一（編集）
https://www.kawade.co.jp/

組版　株式会社キャップス
印刷　株式会社亨有堂印刷所
製本　大口製本印刷株式会社

Printed in Japan
ISBN978-4-309-02963-4

クロス

山下紘加

「女装しているきみが好き」と彼は言う。
それは女？　男？　それとも、私？
異才の20代文藝賞作家が描く異性装者《クロスドレッサー》の物語

解放と迷宮。性の揺らぎだけではない、
これは「存在」の物語。
――中村文則（作家）

あなたといる私も、他の人といる私も私。
どの私も、私の真実。
マナは不自由でとっても自由だ。
――秋元才加（俳優）

ドール

山下紘加

その日、少年は、自分の、
自分だけの特別な人形を手に入れたいと思った。
時代を超えて蠢く少年の「闇」と「性」への衝動を描く
衝撃作。第52回文藝賞受賞